新潮文庫

ブンナよ、木から おりてこい

水上 勉著

新潮社版

2760

目次

ブンナよ、木からおりてこい

第一章　ブンナ木にのぼること

一ぴきのトノサマがえるが、沼《ぬま》の岸にすわって空をみあげていた。北のほうからわたり鳥の群れがやってくる。何百羽ものむれをなして、ピイピイなきさわいでくる。

「トノサマがえるのブンナ、なにをそんなにしんけんにみあげているんだ」

土がえるの仲間がはなしかけた。

「まさか、おまえさん、空をとびたくなったのではあるまいね」

トノサマがえるは、土いろの仲間をふりかえって、

「鳥のように空をとべたら、ひろい世界がみえるだろうな」

とつぶやくようにいいました。

わたり鳥は、みるみるふえてきて、空が黒くそまるほどでした。地上のかえるからみると、それはまったくうらやましいすがたでした。秋もなかばをすぎています。たぶんこの鳥たちは、北の遠い国から海をわたってきたにちがいありません。ピイピイとさわがしくなきながら、空いちめんをわがもの顔にとんでくる。

トノサマがえるのブンナは、吐息《といき》をつきました。

「鳥たちのように、自由に空をとべたらたのしいだろうな。けど、ぼくはかえるだか

ら空をとべないんだ……」

ブンナは町はずれの小だかい台地にある寺の沼で生まれて、そこで大きくなりました。

ブンナの肌《はだ》はすこし変わっていました。沼のかえる仲間は、「土がえる」とか「沼がえる」とかいって、背なかに土いろのイボがありましたが、ブンナだけ背なかが青くて、腹《はら》が白く、黒まだらの点々があって、遠目《とおめ》だと穴《あな》のあいた木の葉のようにみえます。みんなから、〈おまえはトノサマがえるの子だぞ〉といわれましたが、ブンナはトノサマということばの意味がながいあいだわかりませんでした。

かえるの仲間にトノサマもケライもなかったことは、あとでわかりますけれども、自分だけからだのいろが、仲間とくらべてかわっていたのは、ちょっといやでした。このことが、ブンナのなやみのタネになるのですが、トノサマの意味がわからなかったブンナは、もちろん自分の名の意味についてもわからなかった。

ブンナとはなんてみょうな名だろう。しかしこの名はブンナがおたまじゃくしのころに死んだ父母が、つけてくれた名ですから、しかたありません。ブンナとよばれれば、はいとこたえ、いったい、自分の名にどんな意味があるのか、父母にたずねたくても、もうブンナの父母はこの世にいなかったのです。

めずらしいことではありません。人間の世界にだってあることで、いま、太郎《たろう》という子に、きみはなぜ太郎という名なのか、ときいても、太郎はかんがえこんでしまうでしょう。太郎にどんな意味があるのか、そのことは父母にきいてみなければわからない。父母が死んでしまっている少年には、たずねることもできない。太郎は太郎であるしかない。ブンナもまた、ブンナであるしかしかたがないとあきらめていました。

土がえるの仲間たちは、

〈おまえさんは、トノサマがえるのブンナだ。ブンナという名のとおりのからだつきだし顔だよ〉

といいました。というのも、じつはブンナは空こそとべませんが、跳躍《ちょうやく》だけは得意《とくい》でした。かえるはだいたいとぶことはじょうずですけれど、ブンナは仲間うちでも跳《と》ぶのが得意で、ひまがあると高いところへとびあがれるわざをみがいていました。これには、たいがいの土がえるたちが感心するのでした。

〈おまえは、トノサマがえるだが、雨がえるみたいによく木にのぼれるよ〉

仲間はうらやましそうにいいました。ブンナはたしかに木のぼりは好きで、高いところへのぼると、自分がえらくなった気がしました。地めんの上ではみえない世界をてしまいます。

ある春の一日のことです。うららかな日和《ひより》で、沼にはいっぱいおたまじゃくしがおよいでいて、母親たちは、産卵《さんらん》をすませたつかれもあって、沼の葉かげや、石のうらにかくれて、ここちよく陽《ひ》をあび、うとうとしていました。

ブンナは沼のわきにある太い椎《しい》の木を二メートルほどのぼって、そこにできたコブの上までいって、ゆっくり外をながめていましたが、なにげなく空をみたとき、遠くに一羽《わ》の鳶《とび》がやってくるのをみつけました。ブンナは大声で、地上の仲間にしらせました。土がえるの親たちは、おたまじゃくしに早く水へくぐるようにいい、自分たちもみな穴にかくれたり、土にもぐったりしました。ブンナは、椎の木のコブのうらに身をひそめました。鳶は沼の上を三回低空飛行しましたが、みんながみえないので、あきらめて、遠くへさりました。ブンナは、この日以来、みんなから尊敬《そんけい》されました。

〈おまえさんは、木のぼりがじょうずなうえに見張り役ではたらいてくれる。これからもみんなにしらせておくれね〉

土がえるの母親たちが涙《なみだ》をためて礼をいったのには閉口《へいこう》しました。しかし、これは気分のよいものでした。ブンナは、春から夏にかけて、いや秋ふかくなるまで、木のぼりの特技を生かして毎日のように見はりをし、外敵《がいてき》をみんなにおしえました。おかみることができたからです。沼の上に大きな岩がありました。その岩へあがると沼はいくらか小さくみえます。木の上へのぼればさらに沼は小さくなり、庭のむこうにおしょうさまのすんでいるお寺の本堂《ほんどう》がみえます。また、それより高い木へのぼれば、本堂の屋根のむこうの町もみえます。ブンナはひまがあると、沼の近くの木によじのぼって、遠いけしきをみました。

木のぼりのじょうずなことは、かえる仲間の身を守るたすけになりました。いちばんこわいのはへびですが、ブンナは、ときどき沼へそのへびがきて、土がえるや沼がえるをおいかけるのをみると、だれよりも先に木にのぼってへびのきたことをしらせました。そして自分はすがたをかくしました。地めんの上では、へびの方が足がはやいのです。またかえるはなぜかへびににらまれるとすくんでしまうのですぐにたべられてしまいます。木の上だと、枝《えだ》から枝へうつれるブンナはたくみににげられました。皮膚《ひふ》が青いものですから、木の葉にまぎれ、眼《め》のするどいへびも、あきらめてさるのです。

ブンナは、この特技《とくぎ》をじまんにしました。土がえるたちは、ブンナをまねて、木のぼりの練習をしたり、無理な跳躍をしたりしますが、どういうわけか、ブンナの半分もとべないのです。かりに半メートルぐらいのぼれてもすぐ、足がふるえて下へ落ちがのびています。そのまっすぐな道に、自動車が走っています。ブンナは、ああ、あの道を走ってゆくと東京へ着くのだな、と思いました。遠い都につながる白い一本道。ブンナは、それも、沼の上の木の股までのぼったからながめることができたのです。

得意になって、けれど、その気持ちをおさえて、ゆっくり、おりはじめました。そうして、ようやく、地めんにたどりつくと、自分がみてきた町と白い道のはなしをみんなにしました。

夕方でした。大勢の土がえるたちが集まってきて、ブンナの話にききいりました。みんなは、沼のまわりを家にして、そう遠くまでゆかずに暮らしているのですから、寺のむこうに町があったり、たんぼの中に白い一本道が通っていたり、自動車が走っているときけば、大びっくりです。ブンナは、ますますうれしくなりました。木のぼりのへたな土がえるたちが、一生をそのままで送り、遠い町の風景さえ知らぬままにすごすかと思うと、ちょっぴり気の毒に思え、自分だけみることのできた喜びがふかまったのです。

ブンナは、いつのまにか、木のぼりの特技のために、土がえるたちから尊敬され、同時に、ある時は、仲間はずれにされるようなさびしさも感じました。

しかし、これは、べつに気になりません。みんなは、そう意地わるいわけでもありませんでしたし、年寄りのかえるたちは、ブンナが木から外敵を偵察《ていさつ》してくれることがありがたくて、ブンナにいつも感謝していたからです。

〈ブンナよ。おまえさんは、いい子だ。わたしたちは、おまえさんのおかげで、沼で一日じゅう安心して暮らすことができる……おまえさんはほんとに……木のぼりの上手ないい子だ〉

これには少しもお世辞《せじ》はなかったのです。親たちがそんなものだから、子供のかえるたちも当然、ブンナには一目《いちもく》おいて、ブンナが通ると道をあけたり（よけられなくてもブンナは頭ごしにとべたのですが）、おいしいミミズがいたりすると（かりに取りっこになったとしても、ブンナはだれよりも早くミミズにとびかかれたのですが）、ブンナにそれをゆずってくれたりしました。

ブンナはしだいに沼のかえるの仲間でだれもこわいもののないことがわかり、トノサマの気分になりました。トノサマ。そうです。ブンナは背なかの色がみなと変わっているように、自分は、生まれたときからトノサマだったんだな、と思うようになりました。これがブンナの自尊心が高くなった原因といえます。

土がえるはござんじのように土いろでしたし、沼がえるも、土がえるに似た褐色《かっしょく》で、ともに、土を保護色としているので土からはなれて暮らせません。草木の葉を保護色としたトノサマがえるは、木の上にすむのではなくやはり土にすむかえるでしたが、ブンナは、土がえるや沼がえるをばかにしはじめました。

いつも高いところからみるせいか、土がえるや沼がえるは貧相《ひんそう》で、上にへばりついてみえ、みるからに泥《どろ》くさい。それにくらべると、トノサマがえるは、あかぬけして、からだつきもほっそりし、うしろ足も跳躍にむき、敏捷《びんしょう》に走りまわれる。ブンナは、沼をめぐるどのかえるたちよりも、自分はスマートで、健康で、力があると思うようになりました。

ブンナは土がえるや、沼がえるのくすんだせまい生活がだんだんいやになり、自分だけは、いつも木の上や高い岩の上へ行って、外敵に気をつけながら、ひとりでえものをみつける生活をつづけました。

ブンナはまた、どのかえるたちよりも、はえやかがとんでいるのをじょうずに舌でぺろっとたべました。舌も長かったのです。頭のさきをとびまわるかやちょうなどみつけて、失敗することはありませんでした。少し高くとんでいるはえでも、それと感づかせなくて、油断《ゆだん》したスキにさっととんでくわえるわざもありました。また、このようなすばやい手練《しゅれん》を、上がえるや、沼《ぬま》がえるにみせると、みんなはますますうらやましがったものです。

仲間のだれよりもぜいたくができるブンナは、いっそうからだが大きくなり、手足もじょうぶになって、冬が近づくころにはもうどこにいても沼では目立つようになりました。

「椎の木のてっぺんまでのぼったかい」

といつかの土がえるが問いました。

「てっぺんまではのぼったことはないが、高い木の股から東京へゆく白い一本道はみたことがある」

とブンナはこたえました。

「いちばんてっぺんまでのぼったらなにがあるかなァ」

と土がえるがいいました。十メートルもの先ですから、かえるの眼には、そこは遠い空につき出た木の先端と思えるだけで、ぼんやりとしかみえない。かえるにすれば、まあ人間がエッフェル塔《とう》の上まであがるようなものだったでしょう。

「さあ、なにがあるか、いってみたことはないが……」

とブンナはいいました。

「ことしのうちには、あのてっぺんまでいって……これまでよりももっと遠い町をながめるつもりだ」

「早くのぼってみせておくれよ。そして、はなしてきかせてよ。寒くなると、みんなは冬眠《とうみん》しなけりゃならないからね。遠い町のはなしをきかしておくれよ」

　と土がえるはいったものです。

「うむ……かんがえておこうね」

　ブンナは慎重に返事しました。というのは、このあいだ、六メートルぐらいの股までいったときに、下をみたら、もう地めんは遠く、沼はおぼんみたいに小さくみえました。落ちればもう世の中からおさらばだったでしょう。だから、よほど調子がよくなければ頂上まではいってはならない——。あれから、まだ、四メートルぐらいのぼるのですから、慎重でした。失敗はできない。そうそう土がえるにおだてられて、かんたんにうけあうわけにゆかなかったのです。

　その翌日でした。ブンナは、あまりの天気のよさに、ふと、宿題の椎の頂上までのぼってみたくなりました。からだも調子がよかった。決心すると土がえるたちに、これからのぼってみせるからと宣言《せんげん》して、木の根方《ねかた》で屈伸《くっしん》運動をやってからのぼりはじめました。たくさんの土がえるの親子が下からみあげました。

　コツはあまり下をみないことです。無心にのぼることです。一つ目のコブをすぎ、二つ目の股にきて、一服しました。ブンナは呼吸をととのえました。そうして、頂上へむかって、ふたたびゆっくりとのぼりました。ブンナはやがて頂上の平坦《へいたん》なところへとび上がって、ほっとしました。ながいあいだ、下からみてばかりいた椎の木のてっぺんにのぼれたのです。ブンナは、高い山を征服《せいふく》した登山家のように胸をひろげ、大きく息をすって、四方をながめました。

ああなんと高い空でしょう。なんと大きな寺の屋根でしょう。一枚一枚のかわらは碁盤《ごばん》の目のようです。そうして、そのむこうにひらけるたんぼと、町の風景。白い一本道のかなたにかすむ高層ビル。ブンナは、先日ははじめて六メートルの高さにのぼったことで胸がおどっていて、じゅうぶんにものをみていなかったと思いました。こんどは、さらに四メートルも高い場所で一つ一つをゆっくりみることができました。大小さまざまの建物がある。さらにそのむこうに海のような、青みどりの空。ちぎれとぶ雲。ブンナはみとれました。そうして、自分のいる椎の木の頂上が、広い平地になっていて、そこに土があるのをみてびっくりしたのです。

こんなところに土が——。これはかんがえてもみなかったことでした。椎の木はたぶん台風で折れたのでしょう。折れたところに穴《あな》があいたので、年月《ねんげつ》のたつあいだに、いろいろなものがつまって土となり、よくみるとへりのあたりには草もはえているではありませんか。こんな木の上の高いところに、草のはえている広場があった——。

ブンナは、まるで、そこが自分だけのひみつの平和な島のような気がしました。土はどれぐらいあるだろう。ブンナは、多年の冬眠のカンで、土のふかさをはかってみました。すると、意外に、やわらかい土は、三十センチもありそうです。こんなふかい土がある。ここにだって冬眠できるぞ。ブンナは、まるで、ここは自分のためにつくられた別荘《べっそう》ではないか、と思いました。

ブンナは興奮《こうふん》のあまり、木のへりにきて下をみました。みんなにしらせたいと思ったのです。ところがどうでしょう。沼も土がえるたちもみえません。地上はかすんでいるのです。風が少しふいています。

ブンナは、ゆっくりと休養をとって、しずかに、用心しておりはじめました。ブンナはのぼるときよりも、慎重を期しました。そして、時間をかけて、ようやく地めんにおりました。土がえるたちは一つ目のコブのところへおりてきたブンナをみて安心し、待ちかねた顔でむかえました。

「上になにがあったの」

「うむ」

ブンナはだしおしみしながらいいました。

「東京がみえたよ」

「どんな町だったい」

「高いビルがいっぱいあったよ」

「道に車は通っていたかい」

「東京のむこうはみえなかったかい」

「みえたさ。青い空だった。それにお寺の屋根がさ、碁盤の目のようにみえたよ……」

「屋根がそんなに小さくみえたのかい」

土がえるたちは眼《め》を白黒させました。

「風がつよくなかったかい」

「少し出ていたさ、だが、心配はなかったよ。それに……木のてっぺんは広かったし……陽《ひ》あたりのいい、とてもいいところさ。ぼくはあしたから、あそこへ陽なたぼっこにあがってゆくよ」

「陽なたぼっこに」

土がえるたちはまた眼を白黒させました。すると、このとき、年寄りかえるがいいました。

「ブンナよ、それはいけない。高い木の上には鳶《とび》がきてとまるから」

「鳶がきたら、かくれるさ。広場には土があるんだもの。土の中へもぐればだいじょうぶさ」

「なに、木の上に土があった」

親がえるはたまげた声をだしました。みてきたのはブンナだけなのです。信じられない顔です。どの土がえるたちにもかんがえられないことでした。だが、ブンナがよく説明すると、土がえるたちは、高い所には、不思議なことがいっぱいあるのだな、とささやきあいました。

「そうさ。ぼくらは土の上にばかりいたから、知らないことが多いんだ。でもぼくは……きょうはじめてあの頂上へいって、みてきた。世の中には、すばらしいところはあるもんだ。へびも鼠もこない別天地のような土があるんだ」

ブンナは冒険《ぼうけん》の満足に胸をわくわくさせて、いつまでも、土がえるたちにとりまかれて話していたかったのですが、そろそろ夕方がきたので、穴ぐらの方へ休みにゆきました。

夜がきても、ブンナは冒険の興奮でねむられず、かんがえていました。あの木のてっぺんは本当にすばらしかった。土がたまって、草がはえていた。ひょっとしたら、春には花のさく草がはえるかもしれない。そう思うと、たしかに、あの木の上の丸い広場は、自分だけの世界だ。だれかが鳶がくるといったが、鳶がきたって、土にもぐりこめばよい。土はふかいのだから。

そうだ。あの土の中で一と晩ゆっくりねむってみたいものだ。地上の土がえるたちは、高い木の上で一夜をあかしてきた自分を真の勇士だというだろう。その勇気をためしてみたい。あの木の上のしずかな、だれもこない土地で、ねてみたらどんなにいい気分だろう。ブンナに野心《やしん》がおこりました。思いついたら、早く実行したいものだ――。

第二章　ブンナいよいよ冒険《ぼうけん》をこころみること

つぎの日もいい天気でした。ブンナは穴《あな》から出て、土がえるたちと沼《ぬま》の岸であそんでいましたが、やはり椎《しい》の木が気になりました。

椎の木は、ブンナののぼってくるのを待っているようでした。おかしなもので、第一のコブのあたりまではいつものぼっていたのですが、そのときは、そんなに椎の木は、ブンナの登攀欲《とうはんよく》をそそりませんでしたけれど、頂上へいちどいってみてからというものは、ブンナをしきりとその頂上がさそうのです。

「おいどうしたい……臆病神《おくびょうがみ》がとりついたのかい」

椎の木は、ブンナをからかうようにみおろしています。一夜を木の上ですごすとなれば、体調をととのえねばならないし、いざのぼるとなると、食餌《しょくじ》も適度にとって精気をたくわえねばならない。ブンナは、その日もトレーニングのために、第一のコブのところまでのぼってみました。土がえるがブンナの休んでいるのをみていいました。

「きょうは頂上までのぼらないのかい」

「ああ」

とブンナはいいました。

「風がつよそうだからね。上まであがった者でないとわからないんだ。地上に風がなくても、高いところはとてもきついんだ。……」

ブンナはそういって、ややはげしくなった冷たい風の中にいましたが、もうすこしあたたかい日和《ひより》なら、のぼってもいいなと思いました。

最初はなにげなくのぼったものの、いまはかえっておそろしさがわかります。いくらおだてられたって、そうかんたんにはのぼれない。

ブンナが二度目の登攀を決心したのは、十月のなかばです。あたたかい日和でした。その日は朝からからだのなかにつよい力がみなぎっていました。ブンナは、土がえるにいいました。

「さあ、今日はこれから頂上までのぼるぜ。木の上でとまってくるつもりだ。東京をみてきて……こんどはもっとくわしくみんなに話してやるよ。白い道にどんな車が走っていたかもね」

土がえるたちは、目をみはってブンナをとりかこみました。やはりこのときも、土がえるの親がいいました。

「ブンナよ。気をつけてゆけよ。寒くなると、鳶《とび》がくるからね」

「ああ、だいじょうぶだ。鳶がきたって、土があるから……それに……ぼくは、木の葉にかくれてしまえばわからないよ。土の上には草だってはえていたし」

「そうかい……鳶にはくれぐれも気をつけないといけないよ」

「だいじょうぶだとも」

じっさいには土の上に草はそれほどははえていなかった。調子にのってかるいうそをついてしまったけれど、ブンナは、土がえるの親たちが心配してくれるのがうれしかった。同時に、やはり、この忠告は聞いておいたほうがよいと思いました。鳶がきたとき、本当ににげられるかどうか。よくかんがえました。しかし、ブンナは自分のすばやい身のこなしに自信があった。どうかんがえても、それは成功するように思えた。

ブンナはみんなに見送られて、椎の木にのぼりはじめた。

「気をつけてゆくんだぜ」

と土がえるの友だちは口ぐちにいった。

「うむ」

ブンナはうなずいて、おちついてのぼってゆきました。第一のコブをすぎて、第二の股《また》にきました。下をみました。沼が小さくみえ、仲間たちは土にへばりついて、かたずをのんでいます。

「どうだ！　調子はいいかい、無理をしちゃいけないよ」

と土がえるがさけびました。ブンナは大きくうなずきました。そのときでした。つよい風が吹《ふ》きました。ブンナは落とされないように木にしがみつきました。

「おーい、だいじょうぶかい」

下から声がします。

「風が出たのならおりてこいよ」

心配そうな土がえるの声。ブンナはだいじょうぶだ、とさけびました。

「きこえない。風がひどいんだろ。無理をするな。おりてこい、ブンナ」

とまた土がえるがいいました。

「平気だ……だいじょうぶだ」

ブンナは呼吸をととのえてのぼりはじめました。土がえるたちの、

「ブンナ、おりてこい、無理をせずにおりてこい……」

という声がしていましたが、やがてそれもきこえなくなりました。

ブンナは、このあいだのようなのぼり方で、頂上にまできて、ひょいとへりをとびこえて広場に立ちました。

ああ、やっぱりすばらしいながめだ。ブンナは、碁盤《ごばん》の口のような寺のかわらと、

遠いたんぼと、白い道をみました。東京のほうはすこしくもっていますが、道を走る自動車はみえます。車は、糸をひくように、あとからあとからつづいてゆきます。ブンナはふかぶかと息を吸いました。

と、このときです。雀《すずめ》が二羽《わ》やってきて、ブンナと背なかあわせに土のたまった穴のへりにとまりました。ブンナは雀に気づかれないのが不満でした。雀はかえるには害をくわえません。ときには地めんを歩いて、何やかや小さい虫をたべますが、たいがい空をとんでいるので、その雀と、同等の高い位置にきてならんでとまっている自分が信じられない、うれしい気分でした。と一羽がチュッチュッとなきながらうしろをふりむいたとき、ブンナに気づきました。

「おや、かえるだよ」

とつれの雀にいいました。

「かえるが、こんなところに……ひとりでのぼってきたのかねェ」

つれの雀も不思議がって、

「おい、かえるくん、どうして、こんなところにきたんだ」

とたずねました。

「ぼく自分でのぼってきたんです」

「へえ、そいつは豪気《ごうき》だな。けど、あぶないよ、早く帰らなくちゃ。ここは鳶や百舌《もず》がよくとまるからね……」

ブンナはびっくりしました。けれど、もし、そんな敵がきたって、土の中へもぐればだいじょうぶだと思って、

「雀さん、ぼく、いちど高いところへのぼってみたかったんです」

といいました。

「それは、きみの気持もわかるがね。けど、もうぼちぼち日もくれてくるしさ。鳶にみつかったら大変だと思ったんだ」

「ありがとう、ぼく、ここに土があるからだいじょうぶです。こわくありません」

「ますますつよいことをいうね。なにかい、きみは高いところが好きなのかい」

「はい、好きです。ぼく雀さんのように羽があったらどんなにうれしいかしれません……毎日、空がとべて」

「あたしたち羽はあるけどね。空をとぶには苦労もいるんだよ。一分間とやすまずに、こうしてやってないと落ちるんだよ。（と雀は両羽をばたばたうごかしてみせて）それにくらべたら、かえるくんたちは気楽だよ。四本も足があってさ。地めんをのんきにとび歩けるんだもの」

雀はそういうと、チュッチュッとないて、つれのほうによりそって、

「ねえ、そうだよね」

というところをみると、どうも、この雀たちは夫婦《ふうふ》のように思えました。

「まったくだ。さ、日がくれないうちに、早く帰りなよ。鳶がくるからね」

つれの雀もそういって、やがて、この二羽の雀はぱっととび立って、お寺の屋根のほうへ小さくなって消えたのです。ブンナは、雀が縁起《えんぎ》のわるいことをいったな、と思いましたが、しかし、ここに鳶がとまるかもしれないといったのは、土がえるの親たちでした。なに、こわいことなんかあるものか。土があるんだから。たかをくくって、やがて、ブンナは土を掘《ほ》りはじめました。地上の土とかわりないやわらかさです。いや、どちらかというと、こっちのほうがとまるのにふさわしいぬくみです。というのは、たぶん、この椎の穴には、木の葉やゴミがつまって、それらがいつのまにか土になったにちがいありません。ブンナは、ほってゆくうちに、小さな虫が一ぴきでてきたので、これ幸いと舌をだしてぺろっとたべました。ごちそうまであるんだ。こんなにうまい場所はないぞ、ブンナはほくそえんで、一心に穴をほりだしました。

そうして、底ちかく掘りすすんだところに、休息しやすい丸い穴をつくり、鳶がきたときには、すぐそこへ走れるように道をつけてから、また外へ出て陽《ひ》をあびました。

風はだんだん強くなるようでしたが、ブンナは、これくらいの風でくじけたらダメだと思いました。なんとしても一夜をあかして、土がえるたちをびっくりさせてやりたいのです。

雲が出てきたのはひるすぎでした。陽がかくれると、寺のかわらは黒みをまして、そのむこうのたんぼも、色がかわりました。だが、東京へ通じる白い道はくっきりとういて、光る自動車もかわりません。ブンナは夕方まで見あきないけしきをながめていて、やがて風もつめたくなってきたので穴へもぐってゆきました。おりてゆくとき、念のために穴の口はかるくふさいでおきました。

地上の土よりやわらかい土でしたし、さわがしい土がえるの仲間もいないので、ひとりだけの穴はまったく静かです。ブンナは生まれてはじめて、こんな高い木の上のひっそりした穴で眠《ねむ》れる自分に満足しました。つかれてもいたので、ブンナは興奮がしずまるとやがてふかいねむりにおちました。

朝眼《め》をさまして、さて、これから木をおりて、地上の土がえるたちにみやげ話《ばなし》をしなければと思って、ブンナが穴の口をひらいて出ようとしたときでした。頭のうえでどさりと大きな音がして、上がゆらぎました。

鳶がきた！　ブンナは直感しました。だが、鳶がとまって、こんな地ひびきがするでしょうか。重いものがどさっと上にかぶさったようなのです。

ブンナは息をころして、上のけはいをうかがいました。と、何やら動物の泣く声がします。おや、鼠《ねずみ》だろうか、鼠にしては元気がないな。鼠の子かな。ブンナはその泣き声が、よく寺の米ぐらのちかくできいた鼠に似ていたので、そう思ったのですが、しかしあの鼠がこんな高いところへのぼれるはずはありません。とすると、やはり、鳶なのかもしれぬと思いました。

と、また一つ大きく土がゆらぎました。このときは、大きな羽ばたきがしました。やっぱり鳶がきていたのでしょう。ブンナは、全身を硬直《こうちょく》させて、息もせずに、上のけはいに耳をすませました。泣き声はしません。土にかぶさっていた重いものはどかへさった様子です。ブンナは、いまのうちだと思いました。で、しずかに穴の道をのぼりはじめました。

万が一のことを考えて、穴の口の手前で眼だけだして、外をうかがいました。鳶はいません。ブンナは安心して出ようとしました。と、このとき、また近くの空にぱたぱた羽音がしました。ブンナは間髪《かんはつ》を入れず、首をすくめ、もとの穴へもぐりこみました。ひやあせが出ました。けれど、この程度のことは地めんにいてもときどき出くわすことでした。

鳶がきて、穴のへりにとまったようです。困《こま》ったことになったぞ、とブンナは思いました。だが、鳶はいつまでもそこにとまっていることはないでしょう。これまでだって、一どもすがたをみせませんでしたし、きのうだってみなかったのですから。ブンナは、じっとしんぼうしておれば、鳶はどこかへとんでゆくだろうと思いました。気づかれないようにじっとしていることだ。ブンナは観念して眼をつむりました。

何度目かの羽ばたきと風の音をきいたあと、ブンナは、頭の上に何もいないような気がしました。ブンナはまたちいさな穴をあけて、地上に眼だけだしました。と、ブンナは、ぎょっとしました。いや、ぎょっとした一瞬《いっしゅん》に、ブンナは、もうからだをちぢこめて、穴へ落ちてへたりこんでいました。みえたのは鳶の足です。ああ、なんと、その足の恐《おそ》ろしくいかめしくみえたことか。ブンナは椎の木の広場のへりを、つかみどるように二本の足がにょきっと突《つ》っ立っているのをみたのです。

それは、思いだすたびにぞっとするあのへびの腹《はら》のようなしまでした。いや、ときに沼の花にたかっていた熊蜂《くまばち》の肌《はだ》のような、茶褐色《ちゃかっしょく》と灰《はい》いろのしま模様でした。それに、するどい蹴《け》づめがとび出て、がっしりと、折りまげた指のかたいあらあらしさといったら息がつまるほどです。どの指先にもながい爪《つめ》がはえています。爪の根には針金のような毛がはえています。生まれてはじめて間近《まぢか》にみる鳶の足。ブンナは、こんどみたら、気絶するだろうと思いました。

じつは、こんな鳶《とび》のおそろしい爪と足を遠くにみたことはときどきあります。父がどこかへすがたを消したままもどってこなかった日も、やはり一日じゅう沼の上を鳶がとんでいました。まだそのときはブンナはおたまじゃくしでしたので、水の中にいたのですが、鳶はしかし、その水の上をさえ、さっとおりてきて、くちばしでえものを突きます。そして、手負《てお》うたかえるが腹を上向かせると、すかさずそれを両足でつかんで空へまいあがるのでした。仲間が泣きながらつれさられてゆくときの、鳶の足の恐ろしさといったらなかった。きっと、父もこの鳶につれさられたにちがいありませんが、その鳶が、こんな近くに来て、しかも、じっと静止している。自分の穴《あな》の三十センチぐらい上で、おそらくまわりをみわたしている。ブンナははじめて、自分がこころみた冒険《ぼうけん》が、いかにそらおそろしいことだったかに気づきました。

〈ブンナよ、無理をするな……おりてこい……〉

土がえるたちが、下からさけんでいた声が耳にのこっています。やっぱり、自分は、みんなのいうことをきいたほうがよかった。ブンナは後悔《こうかい》しました。しかし、いくら後悔したってはじまらない。ブンナはおそろしい鳶がどこかへとぶのを待って、すばやく木をおりるしかなかったのです。

まさかとは思いますが、鳶がここを新たなねぐらにでもしてこのまま立ちさらなかったら、ブンナはもうこのまま土の中にいるしかない。しかし、ブンナは、冬眠をはじめるにはえさがたりませんでした。このままだと死んでしまいます。ああ、困ったことだ。ブンナは、土の中で、じっと息をころしながら、おろかだった自分をかえりみて、泣きたい思いでした。

いろいろと考えているうちに、ブンナは、まだ父が生きていたころに、おしえてくれたことを思いだしました。父はおたまじゃくしのブンナにこういったのです。

「世の中でいちばんこわいものは鳶とへびだけど、神さまは、この鳶とへびにだって、さらにこわいものをつくってくださっている。鳶がいちばんこわがるのは夜だし、へびがこわがるのは鉄のサビだよ」

鳶は夜がこわかった——。そう気がつくと、急に真っ暗だった目先があかるくなりました。夜がくれば鳶はなにもみえない。どうしてこんなことがわからなかったのだろう。

じっとがまんしておれば、やがて夜がくる。これまでに鳶がこの椎《しい》の木のてっぺんをねぐらにした形跡《けいせき》はなかった。夜がくれば、鳶は、おそらく夜がこわいので巣《す》へ帰るでしょう。

ずいぶん長《なが》い時間のしんぼうでした。まるで世の中の時計がぜんぶとまっているのではないかと疑いたくなるくらいの時間、ブンナは息をひそめて待っていました。でも、ブンナの想像はまちがっていなかったのです。夕方になると、何度となく、鳶はこの椎の木のてっぺんにとまってはとび、とまってはとびしていましたが、やがて、音はしなくなりました。

ブンナは、ほっとしました。やれやれだ。さ、いまのうちに、木をおりよう。しかし、早くおりなければ真っ暗になってしまう。ブンナだってやみはこわいのです。月が出てくれれば、ゆっくりと木をおりることはできるけれど、くらやみだったら、すべり落ちます。ブンナは心ぼそい思いで、とにかくようすをうかがいながら、穴の外へ出てみました。

広場にはだれもいなくて、もうかなり暗いやみが落ちていました。空をみました。月は出ていません。雲がこくたれこめ、風がつよくふいているのです。枝《えだ》と葉が、ざわざわと動き、しげみのかげはすっかり黒ずんでみえます。

ああ、この中を、手さぐりでおりるのは不可能だ。ブンナは、なんといっても世の中のことはいのちがあっての話ですから、ここは忍耐《にんたい》だと思って、ひとまず穴へもどりました。

よし。月が出なければ、もう一夜ここにとまろう。あすまた鳶がここへくるかもしれないが、きょうのようにとまりづめにしているともかぎるまい。スキだってあるだろう。もし万一、鳶がとまりづめにいるようなら、なに、もう一夜をあかせばよい。そうして鳶のいない月夜を待てばいい。ブンナはそう観念して、眼をつぶりました。ただ、おなかはそうとうすくだろうけれど、これはしかたがない。

この夜、ブンナはねむれませんでした。ブンナは、土がえるたちにじまんしようと思ってここへのぼってきた自分を、まったくばかだと思いました。かえるはやっぱり地上におればよい。身にふさわしくないことをやったために、こんなさびしい、こんな苦しい夜をひとりですごさねばならないのだ。

ブンナは、これまで自分がえらいと思ってきたことが、たいへんそそっかしく思えて、いまごろはかえるの身分にあまんじて大地のねぐらでやすんでいる土がえるたちのほうが、自分よりかしこくて、立派だとさえ思うのでした。

ブンナは、第二夜は、そのような自己反省《じこはんせい》でおくり、やがてねむりに落ちたのですが、翌朝、眼をさましてみると、顔の上にみょうな声がするので、びっくりしました。それは、いつかきいた鼠のような泣き声とちがって、雀ではないかと思われます。そうして雀は一羽《わ》ではないらしく、もう一羽の仲間がいるけはいでした。雀が一羽とまっているな、と思うとブンナは、急に明るい気持ちになりました。

雀《すずめ》は、かえるに害は加えません。それに、朝早く起きる習慣のこの鳥は、チュンチュンとさわがしいのは耳ざわりですが、このてっぺんにとまっているのなら、鳶がいないしょうこではありませんか。

雀が鳶にさらわれてゆくのをみたことがあります。鳶は地上のへびやかえるをねらう一方、木にとまっている雀、いや、とんでいる雀さえも空中で追いかけて突き殺しました。そして、雀が地上に落ちたのを、すばやく、足でつかんでねぐらへもってゆく。こんな調子ですから、鳶にいったんねらわれた者はたまったものではありません。

ブンナは、雀がなにか話しているのをきいて、とにかく安心しました。不思議なものです。朝からそこに鳶がいたとしたら、真っ暗な気持ちになるところが、雀がいたので、明るい気がして、ブンナは耳をすましたのです。雀が何やらかなしい声をだしています。

「わたしをたべないだろうね……百舌《もず》さん……わたしは、鳶につつかれて、半殺しの目にあって、こんなところへつれてこられたんだ。羽のつけねが折れて立つこともできない……。百舌さん……おまえさんは、こんなわたしを、たべたりはしないだろうね」

ブンナはびっくりしました。雀が話している相手は仲間ではなくて、百舌らしいからです。いや、おどろいたことには、雀は鳶にさらわれてきたようです。羽のつけねを折られ、このてっぺんにつれてこられて泣いていることがわかったのです。

「たべないさ。おれだって、おまえさんと同じ身だ。おまえさんは、羽のつけねならまだいいほうだ。みてごらん。おれはうしろ首をあの鳶のヤツのくちばしで突かれて、ここをわしづかみにされた上に、何度も地べたに落とされたから、じまんのくちばしも折れてしまった。たべはしないよ。たべたって、おれの寿命《じゅみょう》がのびるわけでもない。おれたちは、ふたりとも、やがて鳶のねぐらへつれてゆかれて、餌食《えじき》になる運命なんだ。こわがらなくてもいい。雀くん……」

百舌がそういっています。ブンナは、からだがこわばりました。百舌も、鳶にやられているらしいのでした。さらに驚《おどろ》いたことには、この椎の木のてっぺんは、鳶がねぐらへえさをはこぶとちゅうの貯蔵場所だったのです。

ブンナは、朝早くから、ようやく明るい気分になりはじめていたのに、ならくにつき落とされた気分になりました。自分だけの平和な楽園だと思った木の上の広場が、鳶のえさの取り次ぎ場所だったとは。なんておろかなことだったろう。なんておそろしい所へのぼってきていたのだろう……。

第三章　雀《すずめ》と百舌《もず》がながい後悔《こうかい》のはてにむかし話をすること

「わたしは、まちがっていた。百舌さん」

雀がいうのです。

「百舌さんは、いつも、わたしらをみると追いかけてばかりきた。ヒナ雀なら、おいしいといっていつもねらってた。わたしたちにはいちばんこわい敵だったから、いまもわたしをたべると思ったんだよ」

「みえないのかい、雀くん、おれのくちばしがこんなに折れちまっているのを」

「百舌さんのくちばしはいつだって下へまがっているもの」

「そうさ。まがってはいるが、こんなになってはいないだろ。なにかい、おれが、のんきにここへあそびにきてとまったと思ったのかい」

「そうだよ。まさか、百舌さんが鳶《とび》にこんなところまでつれてこられるとは思わなかったもの」

「あけがた、ね起きにおれはやられたんだ……のんきな気持ちで、電線にとまっていたら、急にうしろからやつがやってきて……気づいてにげようとしたら、鳶のヤツ、もうおれのうしろ首へくちばしをつきさしていたよ。ぐさッとひとつきされておれは地めんへ落ちた。すぐ、どこか早く木のしげみへでもかくれればよかったんだが。このとおり、くちばしを折ったもんだから、じっと痛《いた》みをこらえていたら、さあっとまたねらいうちにやってきて、おれをつまみあげて、空へあがりやがった。おれはそこでまた地めんへ落とされたんだ。こんどはもう頭を打って失神さ。鳶のやつは失神したおれを、こんどはゆっくりつかんで、ここへもってきたってわけだ。ちくしょう……あの時、電線にとまって、ねぼけてさえいなければ、こんな目にあわなかったんだ」

百舌はくやしそうにいいました。

「おなじようなやり方で、わたしもひどい目にあったのよ」

と雀がいいました。

「わたしの場合は、お寺の屋根だったんです。いつもなら、軒《のき》タルキとかわらのあいだにいて、鳶のくるのは警戒《けいかい》していたんだけど、朝からいい天気だし、つい気をゆるしちゃって……がらにもなく鬼《おに》がわらの上へのぼってたんですよ。お寺の鬼がわらを百舌さんは知ってるでしょう」

「知ってるよ。あのきばをだした鬼の面《つら》したかわらだろう。棟《むね》のはしにのっかってるやつだ、おれも何度かあそこにとまったことがある」

「百舌さんならいいが、雀のぶんざいで、あんな高いところへとまったもんだから、遠くにいた鳶にみつかったんです。わたしは、なにも知らぬから、仲間たちがこっちをみて心配そうにしているのに、平気な顔で、チュンチュンうたっていたんです。すると、大風がふいてきて、せなかが寒くなったと思ったら、わたしのからだは宙にういてた。声をあげて、助けてェっていったがダメだった。鳶は力いっぱいわし爪《づめ》で羽がいじめにして。羽のつけねがまがって痛い……泣いているうちに、ここへつれてこられたんです。あんたのように、地べたへ落とされていたら、わたしはもう力がないから頭を打って死んでいたわね」

「そうかい、寺の屋根にいたのかい。電線にいたおれと、そうかわらないな。しかし鳶が急に、この寺のまわりをうろつくようになったのは不思議だな……おれたちばかりじゃない……数日まえから、仲間がどんどん消えてゆく感じだよ。みんなヤツのせいなんだ……」

「お寺のわきに工場ができるからかもしれないね」

と雀はいいました。

「いつもあそんでいたたんぼがことしから稲《いね》をつくらなくなったと思ったら、トラックがきてうめたてはじめたんですよ……山をけずった人夫が、たんぼをうめてるんです。わたしたちもそれでこの冬のえさがなくなるとわかって、お寺の方へうつったんです。鳶はそのことを知ってるんですよ。鳶だって、たんぼにかえるやミミズがいなくなれば、わたしらをねらうしかないからね」

「そうかい、おまえさんはものしりだな」

と百舌はいいましたが、本当にくちばしが折れているらしく、声がふたつにわれて元気がありません。

ブンナは、土の中でこの会話をきいていたわけです。これはなんというめぐりあわせだろう、ブンナははじめは驚《おどろ》きましたが、やがてむなさわぎが静まってくると、雀と百舌の話の一言も聞きもらしてはならないぞ、と思いました。

雀も百舌も、足もとの土の中に、ブンナが息をひそめていることに気づいていないのです。ブンナはよほど、外へ出ていって、雀と百舌がもしひどい傷だったら、助けてやりたいな、と思いました。けれど、よくよくかんがえますと、雀はまあ害を加えませんが、百舌は危険です。

いったい、あの百舌という鳥は、雀とそうかわりばえのしないからだつきですが、眼《め》つきとくちばしのするどいことといったらない。おたまじゃくしのころから、母が百舌をみたらにげよとおしえました。雨がえるや、まだ小さなかえるになりたての子らは、よくねらわれて、百舌の餌食《えじき》になりました。キキッとかん高く鳴くあの声をきくと、ブンナも身のちぢまる思いがしたものです。いくらなんでも、くちばしを折られているというのでは、危害《きがい》は加えないだろうという気はします。しかし、百舌は、やはり敵にはちがいないのです。

雀も、さきほど、百舌を警戒していました。ところが、百舌は、雀と同じ境遇《きょうぐう》だから安心せよ、といって、雀のおびえを取りさらせましたけれども、かえるの身にはこれはまた別です。鳶にやられもせずにこんなところにかくれているのですから、百舌のにくしみをかって、やはりつめの鋭《するど》い足で、ひっかかれでもしたら大変、せっかく、いままでながらえたいのちはない。

ブンナは同情はきんもつと思い、また、かりに地めんに出て、雀と百舌が、もうどこへもとぶことができないほど手きずを負っているのなら、じっさいにどうしようもないだろう、と思うしかないのでした。このブンナの思案はまちがっていません。どこの世に、かえるが空をとべる雀や百舌を助けることが可能でありましょうか。

ブンナはしかし、そう思っても、雀と百舌が、やがてやってくる鳶にねぐらへつれてゆかれるにもかかわらず、こんなてっぺんでめぐりあわせたけがの身を、いたわりあい、敵味方であったきのうまでのことをわすれて、なごやかに話しているのに感動しました。雀には百舌は大敵《たいてき》だったはずです。しかも、同じ空をとぶ仲間のうちでも、鳶のように遠くにいるのとちがって、家の軒や、電線や、屋根にとまる百舌は身近かな敵でした。その敵と雀は、また、話をつづけるのです。

「わたしは、鬼がわらにさえいなければ、つかまらなかったんですよ……百舌さん。やっぱり、弱いものはみんないっしょにあつまっていないことにはダメだってことがわかりました。自分ひとりだけいい目をみようと思って、高いところへなんでにのぼるのは危険なことだった……それが、いまわかったんです。けど……後悔はまにあいませんね……」

ブンナは穴《あな》があったらはいりたい気がしました。自分のことをいわれているような気がしたからです。

「そんなことはないさ。いくらあつまっても結局はだれだってひとりぼっちじゃないか」

百舌がいいました。

「おれの母親なんかは、おれが生まれたときいったもんだ。みんなといっしょにむらがっているようなことではえさにありつけない。この世の中は、えんりょをしていたら、さきにとられてしまう。うえ死にするしかしかたがないようにできている、とね。

おれは、生まれてまもなく羽がはえ、とびたてるようになったら、もうおふくろからひとりぼっちになることをおしえられたんだ。おふくろはえさのとりかたもおしえてくれたよ。おまえさんらのような雀くんから、タニシ、ミミズ、ふな、メダカ、くも、かえる……それぞれとりかたというものがあるといって……なかでも、くもなんてヤツは、電線や木の枝《えだ》に大きな巣《す》を張ってるから、すぐわかる。いちばん、うまかったのは、女郎《じょろう》ぐもだったね。こいつは、わざわざ、おれたちの眼につくように金いろの筋《すじ》を三本つけていたっけ……。くもによっては、巣は張っているけれど、自分は木の葉のかげにかくれているのがいた。そういうヤツは、そこらあたりでセミのぬけがらでもみつけて、巣にかけてやると、とんででてきたもんだ。でてきたところをパクリとやればいい……おふくろは、まあ、そんな要領までおしえてくれたよ……おれが、それをあらかたおぼえてしまったら、もうおふくろは、ほかの子らのところへとんでいったよ。おまえはいちにんまえになった……これからは自分ひとりで生《い》きてゆくがよい……いっておくが、鳶だけは気をつけねばいけないよ……あいつは野のたかだから……といったのがいまも頭にのこっているよ」

百舌はここでためいきをついて、

「そのおふくろのいいつけを守らなくて……鳶にさらわれてきたんだ、……だがな、雀くん、おまえさんたちのようにどこにいてもむらがっていたら、おいらはくいはぐれだった、……おれはいつもひとりぼっちだった……」

「ひとりぼっちだったから……鳶におそわれたのじゃないんですか」

「ひとりぼっちでも、そこらじゅうに気をくばっていればよかったのさ。おれは気がゆるんでいたから、こんな目にあったのさ……」

百舌はいまいましそうに舌打ちしましたが、このとき、くちばしがどうかしたのか、いてててて、といいました。

ブンナは百舌のいうことを聞いて、いろいろと考えさせられました。まず感心したことは、あんなやばんなヤツと思っていた百舌にも、気よわい子供のじぶんがあり、しかもやさしい母がいて、えさのとりかたや、外敵のこわさをおしえられたということでした。正直、百舌のような悪者には、親なんているものか、あれは、どこかにいる悪魔《あくま》から生まれてきたにちがいないくらいに思っていたのです。

その百舌が、羽のはえかけたころに、母親から、くものとりかたや、雀のとりかたを習った。身におぼえのあることなので、ブンナはなつかしい思いがしたのと、それに百舌が雀とちがって、いつもひとりぼっちだったことにも、母親のおしえがあったのかと、あらためてかんがえさせられて、感心したのです。どちらかというとブンナは雀《すずめ》のいったように、おおぜいむれているのは外敵の備えになる気はしませんでした。かえると雀のちがいはあるとしても、だいたい、かえるがいくらたくさんあつまっていたって、こわがるものはまあいません。

むしろ、おおぜいあつまっている寺の沼《ぬま》などは、敵のねらう絶好の場所で、へびだいいち草むらやいしがきの別荘《べっそう》の穴からにらんでいましたし、鳶《とび》だって、遠いほうからみてみぬふりをして、にらんでいました。土がえるはまあ土の色に化けていたからいいですが、雨がえるや沼がえるや、トノサマがえるのブンナなどは、ちょっと地めんの色とちがうので、目立ちます。まして、みんなあつまってうたをうたったりしていると、いつなんどき、敵がおそってくるかしれなかった。

安心できたのは、やはり、ひとりで草かげにかくれているときか、木にあがっているときでした。ブンナはだから木にのぼって、木の葉にかくれる技術をまなんできたのです。それは父親からでしたけれども、この父親だって、地めんにいたときに、運わるく鳶にくわえられて死んだのです。

母が青大将にくわえられたときは、目撃《もくげき》もしたので、あのかなしみを忘れることができない。母は、助けてくれとみんなをよびました。へびは、首をかまのようにのばして、母の足をかんでぶら下げたまま沼のへりを走りました。さかさまになった母が、泣きながらつれられてゆくすがたを、ブンナは草にかくれて見送ったのですが、へびがゆうゆうとからだをくねらせてゆくにくらしいすがたは生涯《しょうがい》わすれられません。その日からブンナは、へびの、長い腹《はら》がふくらんで、縞《しま》のように段をつくっていると、その中で母が泣いていると思うようになったものです。

そのようなかなしみさえゆさぶって、百舌《もず》の話は、ブンナの心にしみたのです。百舌がひとりでいつも、電線にとまったり、木のこずえの先端《せんたん》にとまって、かえるたちをにらんでいたすがたが思い出され、そういえば勇ましいけれど、どことなく孤独《こどく》なかげがあったように思えます。百舌には百舌の母親のおしえがあってひとりぼっちで暮《く》らしていたのだ、とあらためて思いなおされるのです。なぜだか、ブンナはいま頭の上にいる百舌が好きになりました。そして、くちばしをいためうしろ首に傷《きず》をおっているのに、助けてやれる力のないことがかなしかった。ブンナは、しかし、なおも耳をすまして、百舌と雀が話をするのに聞き入ったのです。

「それは、わたしたちも、百舌さんも同じことですよ。ひとりぼっちでおればえさはたくさんたべられましたよ。でも……わたしたちには百舌さんのような強いくちばしがなかったから、鳥の仲間ではいちばん弱者だったし、百舌さんだけでなく、鳶《とび》やたいかの眼もおそれながら暮らさねばならなかった……それになによりも、おおぜいでいて、だれかがみつけたら、知らせてもらって、深い木のしげみか、かわらの中へかくれるのが早道だったんです」

「しかし、そのかくれた屋根がわらの下に、へびがいなかったかい」

と百舌はわらいました。

「いることもありました。でも、わたしたちは羽があったから、へびにはめったにくわれないようにとびたてたんです」

と雀はいいました。

ブンナは、雀の世界にも、いろいろと生きるくふうがあるのだなと思いました。なるほど雀はかえると同じように弱者だったでしょう。でも、本人がいっているように、羽という有力な機動力があります。かえるにはそれがないのです。

「でも、百舌さん、わたしらには、人間というヤツは敵だったな」

と雀はいいました。

「人間は敵の中でもいちばん頭がよかった。秋になると稲がみのって、なんといってもわたしらのとり入れどきだったのに、人間はかすみあみを張って、わたしらをいけどりにして、羽をむしって、たべたんですから」

「おれたちの仲間にも人間にたべられたのがいたさ。おれたちはかすみあみにはかからなかったが、子供らの空気銃《くうきじゅう》がいちばんこわかったね。こっぽうってヤツは大変なしろものだぜ。なにせ、たまがまっすぐとんできて、おれたちに命中するんだからな……」

百舌はそういってから、しんみりと、

「おれの仲間がそのたまにあたったときのことをおぼえているよ。さっきもいったとおり、おれたちは電線にとまるくせがあるだろう。木にとまっても、おふくろは、えもののよくみえるところは、こずえの先だといったんで、めったに、しげみの中になんかとまったことがない。その上、また、おれたちのなき声は、人間によくおぼえられているんだ。おれたちは、えものをおどかすつもりで、あんな声をあげるんだが、人間の子供は、その声で、すぐみつけだして、空気銃をとりだして、おれたちをうつんだ。あの日友だちは、頭をやられて落ちたよ。血が花びらみたいに空にちったと思うまに、友だちは羽をひろげて雪の中へ落ちていって雪の上へうつ伏《ぶ》せになって、弾《た》丸《ま》のぬけた頭を雪につっこんでことされていたよ。ああ、血のふき出た友だちは彼岸《ひがん》花《ばな》みたいにきれいだった。人間の子供というヤツはひどいことをするね。おれたち鳥の世界では、いくら悪いヤツがいても、あんなひきょうな武器はつかわないよ。人間の知恵《ちえ》というのは野蛮《やばん》だよ、道具をもつと手の負えない悪魔《あくま》になるのが人間だった」

百舌はそういうとまた舌打ちして、痛みが出たのか、あいてててといいました。人間の子供は残酷《ざんこく》だという百舌の話にブンナは感心しました。かえる仲間にもじつは人間の子供は恐《おそ》れられていたのです。いったい、人間の子供は、どうしてかえるをみると、あれほど意地わるをしたがるのでしょう。こっちがなにも害を加えたりしないのに、足で追いたてたり、ふんだり、石を投げたり、まあ、みつかったらさいご、ひどい仕打ちをされました。

なかには、はえやパンクズを糸の先にくくりつけて、ブンナたちの眼のまえにぶら下げます。かえるは、獲物《えもの》をみれば、すぐとびつくのは、母からおそわった習性ですから、舌をぺろりとだして、それにくいつきます。すると、子供はかえるがいぶくろへえものを入れたじぶんに糸をひっぱって、ぶらさげてあそびます。ああ、あのときの、胃のさかなでされるような苦しみと、のどをこする糸の痛さといったらなかった。ブンナもたびたび経験したのです。

人間の子供は、たしかに悪知恵《わるぢえ》がはたらきます。ブンナはいつか、もっとひどい目にあった友だちをみたことがあります。

ある日、ブンナが沼のほとりにいますと、となりにいた土がえるの眼のまえに、なにやら茶色く光るものがぶら下がってきました。土がえるは、天からなにか落ちてきたと思って、すぐパクッとたべました。すると、土がえるは、急に苦しみだして、げえッと吐《は》き出しました。それは、わきにいてもにおいでわかりましたが、たばこのヤニでした。

あれはいやなものです。かえるの世界でいちばんいやなものはヤニです。ブンナの父は、へびのきらいなものは鉄サビだといってましたが、かえるにとっては、煙草《たばこ》のヤニは、もうたまらなかった。しかし、かえるは、どの母親からも、頭の上にぶら下がったものなら、なんでもたべるようにしつけられています。これはかなしいことに、かえるは、胃袋にたくさん物を入れてたくわえておかねばならないからです。腹がへっているときは、子供がビー玉や石ころや草の葉を糸につるして頭の先にぶら下げても、パクリとやってしまう。まあ、ビー玉や、草の葉ならいいのですが、煙草のヤニだけはたまりません。

土がえるは、かわいそうに胃袋にヤニを入れたので、ひっくりかえって苦しみもだえました。最初は腹をなみ打たせて、苦しんでいましたが、やがて、起きなおると、吐きだしても、吐きだしても、ヤニが胃の壁《かべ》にへばりついているので、とうとう、自分の口から腸《はらわた》までだしてひなたに干《ほ》して、臭《にお》いがきえるのを待ってのみこんだのをみたのです。

ブンナは、とても、その土がえるのように、腸を口からだして、陽《ひ》なたに干すなんて芸当《げいとう》はできません。自分だったら悶絶《もんぜつ》しているだろうと思いましたが、人間の子供は、その土がえるがもがき苦しんだあげくに、そんな腸まで吐き出して陽にあてるのをみて、手をたたいて喜ぶのでした。

〈おーい、かえるがおどってるよ。みんなみにきなよ。かえるがにが虫つぶしておどってるよ……〉

ああ、残酷な人間の子供たち。百舌が、空気銃をもつ子供をのろっていますが、ブンナだって、人間の子供にはうらみがありました。思いだせば、石をあてられたり、足でけりつけられたり、何度ひどい目にあったか数えきれない。ブンナたちは、人間のくつやげたの音がしたら、楽しく沼で合唱していても、ぴたりとうたうのをやめて、水の中へもぐりこんだものです。

おお、あのげたやくつの音のおそろしさよ。

ブンナがそんなことをかんがえているときでした。急にいままでしゃべっていた百舌と雀がだまりました。ふきつな静寂《せいじゃく》がきました。ブンナは耳をすましました。

百舌と雀は身うごきせずにおしだまっている気配でした。鳶がきたな、とブンナは思いました。それにちがいありません。百舌と雀は鳶をみたのでしょう。ブンナはか

わいそうな二羽の鳥にいまどういってよいかわからず、からだがふるえました。すると、

「いきすぎたね」

百舌がぼそっとした声でいいます。

「さっきの鳶だ……あいつめ、いつまでおれたちをここに半殺しの目にしてほうっておく気かね」

のろうようにいいました。すると雀がいいます。

「百舌さん……わたしは、もうかくごはしているんだがやっぱり、生きたいよ。たすかりたいなァ、仲間がたすけにきてくれないかなァ」

第四章　ブンナよ、いつでも死ぬ覚悟《かくご》ができているか

雀《すずめ》がいまわのきわになってたすかりたいと願っている気持ちがブンナの胸をうちます。そうです。雀はたすかりたいでしょう。羽のつけねを折っただけなら、これから少し養生《ようじょう》すればまたとべるかもしれません。なんとかたすけてやりたい、とブンナは思います。けれども、さっきいったように、かえるに雀をたすけるなんて力はない。かりに外へ出て、なぐさめごとをいったとして、それがなんになりましょう。百舌《もず》がまた、どんな仕打ちをするかわかりませんし……。

ブンナは、雀がかわいそうだと思いながらも、どうすることもできない気持ちで、じっとしているしかなかったのです。

「それはわかるけどもさ、雀くん。しかし、もうここへきてしまっては、おれたちはどうすることもできない。鳶《とび》がさっきここを通るとき、おれたちがちゃんとぎょうぎよくえさになるのを待っているのをたしかめたではないか。かりににげてみろ。鳶はおこって、すぐにでも、ねぐらへつれてゆくよ。あいつは、どこで監視《かんし》しているかわからないんだ……それに、おまえさんをたすけるといったって、こんなところにおまえさんがいることを仲間で知っているものはないんだぜ」

「仲間にみつかればいいんです。きっと助けてくれます」

と雀はいいました。

「仲間がおおぜいいれば、あたしだって……」

「しかし、仲間がきたって、おまえさん、その羽でとべるかい」

雀はかなしげにチュンと泣きました。泣いて、羽をうごかしてみせた様子です。

「痛いだろう」

「うん」

「そらごらん、もう、おまえさんの、そこのつけねは折れちまってるんだ」

百舌はあきらめのよいものいいで、

「どうせ死ぬのなら、覚悟をきめようじゃないか、おまえさん。……鳶がここを通っても、おまえさんとおれの、どっちかを持ってゆかずに、じっと放《ほう》っておいてくれているのは、あいつの仏心さ。死ぬとわかったおれたちに、最後の陽《ひ》だまりの時間をくれているんだよ。それにしても、ここはいいところだな……こんな椎《しい》の木のてっぺんに、こんな広い陽だまりがあるとは知らなかったよ」

と百舌はいま痛い羽をひろげて、陽にあてているようです。

雀は、死ぬのがいやで、まだ覚悟はできていませんが、百舌のほうは、もうあきらめているようでした。ブンナは、百舌のどうかいな性格を、このとき、ちょっとみなおしたい気がしましたが、しかし、その百舌もやがて鳶につかまれて死なねばならない。強がりをいっているのです、きっと。心の中にみれんがないはずはありません。

ブンナは、そう思うと、くよくよしている雀より、勇ましい百舌があわれに思えました。

「さあ、雀くん、そうかなしい顔をしないで話そう。どうせ、鳶がやってきたら、おれを先につかまえてもってゆくだろうから」

百舌が豪気《ごうき》にいいました。

「どうして、そんなことがいえますか。百舌さん、わたしのほうが先かもしれない」

「そんなことはないよ。おまえさんのほうが手傷は浅いから。おれは頭をやられている。それに口だってこうだしさ……。おれは放っておかれれば死んでしまう。おまえさんは、放っておいてもまだだいじょうぶだ……ヤツらは早く死ぬほうをえさにするからね。これは、おいらだって母親にならったことなんだ。二つえさがあったときは、早く死ぬほうからくえとおふくろはいってたよ。死ねばくさる。くさったたべものは、腹《はら》をこわすからね」

「百舌さん……」

雀はふるえ声でいいます。

「あんたは、さっきから、元気ですよ。そんなによわっていないでしょう、わたしにはどうもわからない……」

「ひどい傷だよ。ほらみてみろよ……このうしろ首に穴があいてるだろう。ヤツのくちばしがつきささったんだ。ずきずき痛むよ……それに、この脇腹《わきばら》だって、肋骨《ろっこつ》は三本もへし折れている。おれたちはしぶといんだよ。雀くん。おまえさんたちとちがってね」

「………」

たしかにしぶといな、とブンナは思いました。

百舌のしぶとさといったらないのです。いつか、人間の子供のはごいにかかって百舌が苦しんでいるのをみたことがありました。百舌は、わらしべにまぶされた鳥もちのために羽を団子のようにくるめられて、ころげまわっていましたが、子供らにとらわれたとき、子供の手にかみついて泣かせたことがあります。

本堂《ほんどう》からおしょうさまがきて、放してやりなさいといったので、子供は、百舌をはなしましたが、おしょうさまは百舌を池の水につけて、鳥もちをていねいに洗いおとし、わらしべもとりのぞきました。百舌はそのあいだ、じっとがまんして、やがて、羽がかわくと、本堂のえんさきからとび立ってゆきました。とても雀にはできない芸当です。百舌はしぶとかった。

にくい百舌ですが、感心しました。ブンナは母親からも、鳥の中で百舌ほどしぶといものはないとおしえられていました。そのしぶとい百舌がいましきりにつよがりをいって、やがて鳶にくわれるのを観念《かんねん》している。そこに感心します。またブンナは、鳶がいつこの二羽《わ》の鳥をつれてゆくか、気になります。百舌のいったようにはたして、手負《てお》いの者からつれてゆくでしょうか。雀は、だんだんしょげてしまって、口数が少なくなりました。やっぱり弱虫です。百舌はそれに比べたら、元気で、おしゃべりをつづけます。

「どうせ死ぬんだよ、雀くん。くよくよしたって雀は雀の一生。百舌は百舌の一生さ。ようするに、おれたちは、運が悪かったんだ。いま、おれたちが、こうしているあいだにだって、おれたちのいた寺の庭で、仲間が鳶にやられているかもわからんからね……この世は……強い者と弱い者がいるのさ。いくらおしょうさんがいいことをいったって、強いものが弱いものをくう。世の中がかわらないかぎり、おれたちは、強いヤツのえじきにならねばならないんだ。雀くん、なにかい、おまえさんの仲間に……みながびっくりするほど長生きをした者はいるかい……もっとも、雀百までという文句があるが、あれはうそだ。百舌の仲間じゃ、ひとりぼっちで生きるヤツばかりだから、百まで生きたヤッはいないよ……みんな、どこかで鳶にくわれて死んできた。そうだな……三年も生きたヤツがいたらお目にかかりたいものだ」

「そうすると、百舌さんは、何年、生きたのですか」

「おれは二年とちょっとだ」

　と百舌はいってから、

「これだけ生きればいいさ。おれもわるいことをしてきたからな……ねんぐのおさめどきかもしれない」

　と痛そうにくちばしをあけて、ふふふふとわらったようです。雀がいいます。

「わたしはまだ生きていたい、巣《す》へ帰って、この冬を精いっぱい生きて春がきたらヒナをかえしたいんです」

「おまえさん、そんなことといったって、羽が折れてンだろ。無理だぜ、どこに羽のくさった雀が生きているか……えっ、観念しなよ、じたばたしたってしようがねえだろ」

「百舌さんは思い切りがいいのね。あたしは鳥のうちでもいちばん弱いから……でも、弱い雀にだって、生きていたい気持ちはあっていいでしょう」

「寝言《ねごと》をいうのはやめろよ。いまわのきわになってさ。この世はあきらめが肝心《かんじん》だ」

「いさぎよいんだね、百舌さんは。あたしらはすこしでも長生きしたいのに」

「そりゃおれだって平気じゃないよ。だがどうしたってもうおさらばだってことがわかっているだけなんだ。あいつは、一どこへもってきたものはぜったいに助けやしない。おれたちをここへ置いていったのは、ヒナの巣にえさがあまっているからなんだ。もうじきなくなったらやってくるんだ……」

「百舌さんが先だといってたけど……あたしを先にもってゆくかもしれないわね」

「うるせえッ、このカマトトめッ」

百舌はほんとうに怒《おこ》ったようです。

「おれとお前とどっちがうまいッ、えッ。うまいほうから先にもってゆくさ、わからねえのか」

「なぜ、鳶はあたしたちをくうんだろうね、もっとほかのものをたべればいいのに」

「ぶんなぐるぜ。おまえってヤツは身勝手だなァ。お前ら虫けらやらミミズをくってきたろ、えッ、虫やミミズはいいっていうのかい」

「そりゃ、あたしたちとちがうもの」

「どこがちがうッ、虫やミミズにおふくろがいねえとでもいうのか」

「…………」

「あいつらだって、みんな生きものだ。さっきいったろ。この世は、強いヤツが弱いヤツを喰《く》って生きてる。それがしきたりだ。それが鉄則だ。そのほかのことはみないいかげんなごまかしだ。寺の坊主《ぼうず》だって弱い者いじめはいけないといっておきながら、肉もくうし、にわとりもくってるじゃねえか。おまえさんらだって、虫やミミズをくうのにいちいち念仏をとなえてきたか。小雀よォ。ここへきて、身勝手なことをいうもんじゃねえ、この世はまわりというもんだ。みんなわるいことをしてきて、わるいヤツにくわれて死ぬのさ。その日がきたんだよ。つまり、死ぬ日がきたんだ。ちくしょうッ、おまえさんを相手にどなってたら、腹がへってきやがった…… もうじき死ぬというのによォ。腹がへってきたよ、小雀よォ」

百舌は急にひひひひとわらって、雀をにらんでいるようです。雀はおびえています。

「たべないでよ。百舌さん、あたしをたべないで」

百舌は雀に寄《よ》ってゆくけはいです。

「いやだ、いやだ、たべちゃいやだ」

雀は泣きさけびました。ところが、このとき、雀は急にこんなことをいったのです。

「百舌さん、いいことを思いついた、きのうの夕方ね、ここにかえるがいたんだよ。

青いうまそうなかえるだったよ。あたし、うちのひといっしょにここにきたんだよ。きっと、まだ、この近くにいるかもしれなくてよ」

ブンナはびっくりしました。いや、ちぢみあがりました。雀《すずめ》は、地めんをたたきます。

「かえる、いるんだろ、いたら出ておいでよ」

百舌《もず》がこのとき、きききいーッと金切り声をあげました。それは空が裂《さ》けるほど高かった。

「この野郎《やろう》ッ、いつまできたねえことをいったら気がすむんだ。先にもいったろ、おれたち、いくらあがいても鳶のえさなんだ。いまかりに、おまえのいう、そのかえるをさがしてくったとしてもよ、おれは、鳶のためにくってやるようなもんじゃないか。おまえをくったところでよォ、おなじことなんだッ……」

と、このとき、大きな羽音が近づくのがブンナにわかりました。まるで百舌のさけびにさそわれたように羽音がしたのです。

「ちくしょうッ、きやがった」

と百舌の声がします。

「あ、いけねえ、きちまったよ……おい、すこし早すぎやしないかッ、おれはいまさっきここへきたばかりだッ……先にきてたヤツがいるんだ。おれより、先にさ、こいつをつれてってくれッ、よおーッ」

と百舌がさけびます。

「助けてくれェ、助けてくれェ、順番がちがう、小雀が先だったんだ」

ブンナは土の上で、百舌と小雀が必死に走る音をききました。小雀もだまっていません。

「あたしじゃないよ、百舌のほうが先にきたんだ。あたしのほうがあとからきたのよ。助けてくれェッ」

哀願《あいがん》する雀のなんと、ずるい言葉だったことでしょう。百舌もまた、あんなに元気で、あきらめのよいことをいっておきながら、雀のほうを先にもっていってくれと、たのむのです。

と、地めんが穴《あな》ごと大きくゆらいで、百舌の悲鳴がひときわ高くきこえました。

「順番がちがう、おれが先だとは間尺《まじゃく》にあわねえッ」

鳶が太い爪足《つめあし》で泣きさけぶ百舌をつかんだようです。ばたばたと羽音がし、やがて、百舌は空へもちあげられてゆくようです。泣きさけぶ声がだんだん遠くなった。それがブンナにもわかったのです。ああ、とうとう百舌はつれられていった。雀はどうしているでしょう。きっと、あまりの恐《おそ》ろしさに、失神してしまったのではないか。それにしても、ブンナは、百舌も雀も、断末魔《だんまつま》がくると、いままでいっていたこととは反対のみにくい身勝手をむきだしにしていたのが、かなしく思えてなりませんでした。そして、雀はブンナを百舌に売ろうとしたのでした。だが、その雀をにくむ気持ちもしだいにうすまって、自分だって死ぬまぎわには、弱い者を身代りにしかねないだろうと思いました。雀を責める資格はありません。生きていたい、誰《だれ》よりも幸福にながく生きていたい、と思うことは、誰かを身代りにすることかもしれません。あの百舌だって、それをブンナにわからせてくれたではありませんか。ブンナは、土の上で、失神している雀が、どんな思いで、うずくまっているのか、みたいような思いにかられましたが、じっと、がまんして、耳をたてていたのです。すると、このとき、ブンナの耳に、しくしく泣きすする雀の声がしたのです。泣きじゃくりながら雀は、いったのでした。

「かえるさん、いるのかい、もし、下《した》にいるのだったら、ごめんよね。さっき、百舌さんにいったことをゆるしておくれ……あたしはそんなにわるい仲間じゃないんだよ。ただ、弱いだけなんだ！　ゆるしておくれ、かえるさん。いるんだろう」

雀は土をしずかにたたいていいます。

「だまってないで、なんとかいっておくれよ。かえるさん、弱いってことはわるいことではないよね。かなしいことにちがいないけど、弱いことはわるいことではないよね。かえるさん……かえるさんだって、弱い仲間だよね。ね、ね、あたしをゆるしてよォッ、そうでないと、あたしは……あたしは生きてゆけないッ」

雀の泣く声はだんだん高くなり、やがて、外は雨がふってくるのでした。雨の音は、雀の泣き声をうち消すようにつよくなってきましたが、いつまでも、雀の声はブンナの耳と心を打ったのです。

〈弱いってことは、わるいことではないよね、かなしいことだけど……わるいことではないよね〉

雀の哀訴《あいそ》の声は、ブンナの胸をゆさぶった。

ブンナは、小さいとき、眼《め》の前で鳶《とび》にさらわれたりへびにくわれる仲間を何度もみてきました。母の死だって、そうだった。ですから、たいがいのことには、おどろきも、かなしみもしない腹《はら》はできていたつもりですが、鳶につれ去られる一瞬《いっしゅん》、元気だった百舌が弱々しく泣いたのに胸をつかれました。

この世は、強いものと弱いものが生きる以上、弱いものは、強いものにくわれてゆくのが自然だと、さっき百舌はいいました。お寺のおしょうさまが、いくらえらそうなことをいっても、世の中のしくみはかわらないと百舌はいったのでした。

じつは、このことをきいて、ブンナも思いだすことがあります。それは、母がへびにくわえられて、もどってこなくなった直後のことです。同じトノサマがえるの仲間の親からいわれたのでした。その老がえるは、あまりブンナがかなしんで泣くものですから、あわれんでいったのです。

「ブンナよ。おまえはかわいそうだ。父親を鳶にさらわれ、母親をいままたへびにさらわれて、とうとうひとりぼっちになった……おまえが泣くのもわたしにはよくわかる。しかし、ブンナよ。それは考えようだ。おまえは、自分だけがかなしい目にあっていると思うだろうが、そうではない。鳶にさらわれたり、へびにくわれたりするのは、このかえるの世界ではならわしなのだ。もうずうっとまえ……そうだ、この世にわたしたちが生まれる以前から、もうそのことははじまっていたんだよ。鳶やへびというものが、この世に生きている以上、かえるは永遠にそのかなしみを背おって生きてきた。ブンナよ。おまえは、それなのに一人まえに大きくなれた。なみだの切れるまで、泣くがよい……泣き切ったところで、おまえはようやくおとなになれるだろう。つまり子供が大人になるということはそういうことなのだ。ブンナよ。わたしはおまえのかなしみはわかるが、それよりも、おまえのおとなになったきょうを祝福しよう。きくがよい。いま沼《ぬま》のなかで、いっせいに鳴いているかえるたちは、おまえの成人したことを祝っているではないか。あのなき声は、おまえの母親ののべ送りのためではない。いく百のかえるたちが、仲間の死ぬかなしみのうたをうたいつくしたことか」

「おじいさん……そんなことをいったって……せっしょうだよ、ぼくには、いままで、ずうっとつききりで、そばにいてくれたかあさんだもの。そのかあさんが、あのにくらしい青大将にくわえられたんだ……そんなに早くあきらめて……平静になれといわれたって、ぼくはおかあさんの子だからね。……涙《なみだ》はかれるもんか。泣き声だって、まだまだ、泣き足らないよ……もっともっと泣きたいよ」

ブンナはやけになって泣きました。するとおじいさんは、

「ブンナよ。泣けるだけ泣くがよい。あしたもあさっても泣きつづけるがよい」

といいました。ブンナは、ずいぶん、冷たいことをいうとなりのおじいさんだと思いましたが、しかし、このことがわかるのに、そう月日はかからなかった。

ブンナは泣くのがいやになりました。もう母の死をかなしんで泣くのはいやになった。涙も出なくなりました。というのは、母の死んだよく日も、そのよく日も沼にまたへびがきて、何びきもの仲間がくわれていったからです。いちいち、それをかなし

んで泣いていたら、もう際限《さいげん》がないことがわかったのでした。

そうだ。沼一面で毎日なきさわぐかえるたちの声は、かなしみのうたではなくて、きょう一日を平和に生きておれることのよろこびをうたっているのだ。そう思うことで、ブンナは気持ちがとり返せたのです。

となりのおじいさんは、ブンナが泣かなくなったのをみて、にっこりして、

「どうだい、ブンナ……一日一日がたのしくならないかい。生きておれることがたのしくならないか」

と問いました。

「ぼくはたのしくない、けど、もうおかあさんのために泣くのはよしたよ」

とブンナはいいました。すると、おじいさんは、

「ごらん……本堂《ほんどう》のほうに……おおぜいの人間があつまっているね。そら、おしょうさまのお経《きょう》をよむ声がしているだろう」

といいました。ブンナは岸の石にのぼって背のびしてみました。いつもはひっそりしている本堂に、白い布がしかれて、たくさんの花がそなえられ、おおぜいの人間が、黒ずくめのよそおいで、これもしんみょうにぶつだんにむかって手をあわせています。

「わかるかい……あれは人間が死んだんだ。人間はかえるとちがって、仲間が死ねば葬式《そうしき》というものをする。おしょうさまは、いつも、わしらの沼にきて、わしらをいじめたり、こいをねらうねこを追いながら、むずかしい説教をなさる。だが、いくら説教をきいても、人間はわるいこともし、よいこともして死ぬんだ。かえるだって同じだ。いいかい、この世に生きているすべての生きものはみんなおそかれ早かれ死ぬんだ……いいかいブンナ。いつまでも……自分だけ生きられる、自分だけは幸福になろうなどと思うもんじゃない。不幸はいつも幸福の背なかあわせにすんでいる、ということを知るがよい……」

ブンナはおじいさんのことばがわかるような気がしました。そうです。やさしいおしょうさまは、たしかに、よく説教します。弱い者をいじめるな。強いものは、弱いものにえさをめぐまねばいかん……とねこやイタチや、犬や子供に説教しています。けれども、いつ、この強い者の弱い者いじめがとまったためしがありましょう。ブンナの生まれたときから世の中は殺しあいでした。おじいさんのいってることも、たぶんそこなのでしょう。感心して、きいていると、本堂へ出てきたひとりの人間が、沼に向かって、なにやらえさをまきました。

「おおーい。みんな放生《ほうしょう》だぞ、放生だぞ」

と、仲間のさけびがあがって、やがて沼にむけてこいの子が放たれ、水面には、おいしいパンやふがいっぱい落ちてきました。かくれていたこいやふなが穴から出てわれ先にパクつきます。人間は仲間が死ぬと、動物たちに物をめぐむ心が生まれるのでしょう。この放生のえさにパクついて、一日じゅう水面を泳ぎまわった記《き》憶《おく》とともに、ブンナは、おじいさんがいったことをわすれませんでした。

いま、そのときのことを思いだして、ブンナは、百舌のめいふくをいのったのです。

さて、百舌のいってしまったあとの外界は雨がひどくなり、雀はひとりで、泣き悲しんでいるのでしょう。ブンナは、勇気をだして、穴から出ていって、いまかんがえていたことを雀にいって雀をゆるしてやりたく思いました。

けれども、雀にあってなぐさめてやりたいのはやまやまですけれども、その雀だってやがて、鳶がむかえにきます。雀をうたがうわけではありませんが、もしブンナが出ていって、土の中にかくれていることを雀が鳶にしゃべりでもしたら、ブンナは、つぎのえじきにされてしまうでしょう。そうです。母はこんなことをいったのです。

「他人のためにつくすことはよい。けれども、相手のことをよくみきわめないといけない。相手によっては、こちらの善意をうけておきながら、その善意をふみにじったりするものがままいるものだ。世の中が、強い者と弱い者とにわかれているのだから、だれもが命というものがおしい。そのために背に腹はかえられないときがある。……善意をうけた仲間だって売って自分だけ生きようとするものなんだ」

雀を弱い仲間だから信じたいと思いますが、しかし、信じられる雀だと、だれが保証できましょう。さきほど、雀は百舌にむかって、ブンナを売ったのです。なにをさておいても生きたい雀でしょう。だから、うっかり、ブンナが顔を出そうものなら、雀は、鳶のねぐらへいったさいに、あの椎《しい》の木のてっぺんに、もう一ぴきかえるがいたと、鳶にこびを売って、たすけをもとめるかもしれない。

ゆめゆめ、真情《しんじょう》の知れない雀に、おひとよしなぐさめはいえない。また、正直、いまそこに出ていっても、ブンナに、……いやかえるのぶんざいで、どうして死にかけている雀をなぐさめることができたでしょうか。

ブンナは、息をころして、頭上の雀のことりとも音をさせない悲しみをおしはかりながら、むかし、仲間のおじいさんがいったことを思いおこしていました。

「ブンナよ、おまえはいつでも死ぬ覚悟《かくご》ができているか。この世は、弱肉強食の世界だ。かえるにうまれたおまえは、いつへびにみつかっても、鳶にみつかっても、みぐるしくなく、つれてゆかれる心ができていなければならない。ブンナよ、覚悟はできているか」

第五章　鼠《ねずみ》がぐちをもらしたあとでさめざめ泣くこと

ブンナは、また激《はげ》しい風のような羽音をききました。と、そのとき、変な泣き声がしました。おや、雀《すずめ》が泣いたなと思いました。きっと、鳶《とび》がきたのでしょう。そう思っていると、どさっと大きな、何かが落ちる音。ブンナの頭の上がへこむほどの地ひびきです。

ブンナはからだごとどこかへふっとぶのではないかと思いましたが、すぐまた急に外は静かになりました。

「なんだい……おまえさん、雀くんじゃないか」

とだれかの声がします。

ああ、新入りがきたんだな、とブンナはなっとくしました。いましがたの物音は、鳶が新しいえものをどこかからつかんできて、椎《しい》のえさの貯蔵所へ落としたのでしょう。だれだろう。かわいそうな新入りはだれだろう、耳をすまして、ブンナは息を殺しました。

「鼠さん……あんた……そんなからだで」

と雀の声がしました。ああ、鼠だったのか。

ブンナは、全身を耳にして、聞きいります。雀は百舌《もず》がつれさられたあと、じっとうずくまっていたのでしょう。そして、鳶が鼠を落としたさいに、自分をつれてゆきはせぬかと、息もつまる思いだったでしょう。だが、鳶は雀をつれてゆかずに鼠を落としたまま、さったようです。鼠も手負《てお》いらしい。

「ばかげたはなしだよ、まったく。うっかりつかまっちゃって……このていたらくだ。しかし、おまえさんのような羽のあるヤツが、またどうしてここにいるんだ」

「わたしもつかまって、羽のつけねが折れてるんです」

雀はあいかわらずのしょげた声でいいました。鼠はおどろいて、

「そうかい、それなら、おれと同じ仲間だ。まあ、みたところ、おれよりは傷はあさいようだな。みてごらん、おれはこのとおりだ」

鼠は背なかのあたりをみせたのでしょうか。大きくためいきをひとつついて、

「おれは、水をのんでたんだ。あまりもちをくいすぎたもんでね……のどが焼けたので、みぞへおりてたらふく……。知ってるかい、寺のおくに坂道があったろう。そのわきからたんぼがつづいていたろう。あそこだよ。みぞに顔をつっこんで、ゴクゴクやってるところを、鳶のヤツが上空からみていて、さっとおりてきやがった。ごらんよ。このとおり、おれの頭と背なかは穴だらけだ。不意《ふい》をくらって、失神してしまっ

た。すると、こんどは、鳶は、低空飛行ときやがって、おれの腹《はら》をわしづかみにして、空へあがって、地べたへこっぴどくたたき落としたんだよ。いや、そのときの痛《いた》かったことといったら。気がついてみると、足はへし折れているしさ……打ちどころがわるければ即死《そくし》さ。それを、またやってきやがって、爪《つめ》でつかんでまいあがると、また、落としやがる。こんども畑の上だったんで、死にはしなかったが……しかし、もうこ
こへくれば、たすかったことにならないや。このとおり、おれはもう……」

鼠は絶望的な声でそういうと、

「雀くん、おまえさんは、いつから、ここにいるんだ」

とききました。

「わたしは、けさ早くです。お寺の屋根でみつかったんです。鬼《おに》がわらの上にいたのがいけなかった」

雀は、また、さきほど百舌にいったようにくどくどとしゃべったあとで、

「ついさっきまで、そこに百舌さんがいたんだよ。百舌さんも、あんたと同じようなことをいってたっけ。鳶というヤツは、ひどいヤツだ。くちばしでつついて何度も地べたへたたきつけやがったって……」

「そうかい、百舌がいたのか……で、百舌はうまくにげたのか」

「ううん……。かわいそうに、くちばしも羽も折られていたしね。肋骨《ろっこつ》もやられて、苦しそうだった。ついいまさっき、鳶がどこかへはこんでいったよ」

「そうすっとここは、鳶のえさの取り次ぎ所かい」

鼠は言葉こそさりげない調子でしたが、内心はどきっとしたようすです。そして、

「なんて……、ここはひろいんだ。椎の木のてっぺんに土のある広場があるなんて知らなかったな」

といいました。

「百舌さんも感心していたよ」

と雀はいいました。

「空をとべるヤツはいいな。こんなところをみつけて、えさの置き場につかえるんだから」

鼠はそういうと、苦しそうにあえぎました。のんきなことをいってますが、傷《きず》が痛むようです。

「血が出てるよ、鼠さん」

雀は鼠のそばへこびるようによったようです。

「ひでェ傷だろ……まあいいさ……観念したよ」

鼠はそういうと、雀をちょっとにらんだのでしょう。急に雀は、しりぞくけはいで、

「鼠さん、そんなこわい顔して、たべないでおくれね。たべないでおくれね」

哀願《あいがん》しているようです。ああ、かわいそうな雀。どうやら鼠は傷を負っていても、素姓《すじょう》がよくないヤツらしく、こんなときになっても、雀をたべたい眼《め》つきをしたのでしょう。

ブンナは鼠ならやりかねないと思いました。じつは、鼠にはかずかずのうらみがあったからです。鼠はイタチとちがって、そうそうかえるをたべたりはしませんでしたが、冬になってえさがなくなると、地めんに穴《あな》を掘《ほ》って、もぐってきて、冬眠《とうみん》しているかえるの仲間をくい殺すことがありました。

野山は雪ですと、人間の家にだって、米や野菜がたいせつになり、倉という倉は鼠とりがしかけられます。鼠は、どこにも、たべるものがなくなれば、地めんにねているかえるをおそうのでした。もっともブンナは、冬眠中に、仲間が殺されるのをみたことはありませんが、春になって去年の友だちがずいぶん少ないのに気づいて、親がえるにきいてみますと、鼠にくわれたんだ、と親がえるはいいました。

鼠が冬眠のかえるをおそう。これはちょっと信じられないことでしたが、しかし、おとながいうのですからそうだったんでしょう。そのことは、母も冬眠するさいによ

くいいました。

「ブンナよ、なるべく深く穴を掘ってねむるんだよ。固い石や岩のそばで眼をつぶるんだよ……鼠がくるからね」

ブンナは冬じゅうは仮死状態でねているのがつねです。ブンナだけではありません。かえる族はみなそうです。だから、仮死しているところを鼠につれさられるのですから、知らぬ間にくわれてしまうともいえたわけで、本人もそう苦しまずに死んでいったことと思いますけれど、かえるが仮死状態で地中で安らかにねているのを知って、しのんでくる鼠こそひどいヤツです。そんなわけで、鼠ときけば、もうブンナは、この世にゆるせない敵だと思っていました。いま、雀がたべないでくれと哀願するのをきいて、ブンナはわがことのように雀があわれで身がちぢんだのです。

「食べたりはせんよ。雀くん、安心しろよ」

鼠は似つかわしくないねこなで声になって、

「おまえさんをここでたべたって、わたしが生きのびれるもんではないしさ。わたしは、それどころじゃない……腸ねんてんをおこしている……何度も地めんに落とされたから……それにここのところをわしづかみされて。もう……おまえさんをくう力はないんだ」

鼠も肋骨を折っているようです。ブンナは、ほっとしました。傷ついた鼠が、傷ついてふるえている弱い雀をくったりするのをみせつけられてはたまらない。鼠は、心から雀をたべないと約束《やくそく》したようです。

「よかったな。雀のために、ブンナは胸をなでおろしました。

「雀くん……そんなにこわがらなくてもいい。おれたちはこれまでに、おまえさんたちに危害《きがい》を加えたことはあまりなかったはずだぜ……」

鼠はそういったあとで、ふふと泣くのか、わらうのか、どちらともとれるような声で、

「こっちへきなよ。だいじょうぶだ」

といいました。

雀はまだおどおどしているようです。ブンナは、雀が疑うのは当然だと思いました。鼠のいうことなど、信じていたらえらいことです。ヤツは、かえる仲間が、だれにめいわくをかけるでもなく、死んだまねして冬をこそうと、土の中に安眠しているところを、くいあらすのですから。いま上にいる鼠の胃袋にだって、ブンナの友だちがはいっていないとだれが保証できましょう。うえてくると、なんだってくいあらすヤツ。そして鼠はにげ足が早い。水の上だって走るんです。

「そうかい……百舌はそれで……もう鳶のねぐらへはこばれたのかい」

鼠はたずねます。

「ねぐらへ？……たぶん、そうでしょうね。いまさっきです。こんどは、わたしをつれにくるはずです」

雀は、くぐもった声で、みれんげにいいました。すると、鼠はふふふとまた笑うような、泣くような、痛みにたえる声をたてて、

「雀くん、おまえさんは、まだ観念していないのか……」

疑うようなくちぶりで、

「もし観念したのなら、だれにくわれたっていいじゃないか……しかし、おれは……おまえさんをくいはしないがね……」

いやなことをいう鼠だとブンナは腹がたちました。これでは、心の中に、たべたい野心をもっていることがはっきりしているのです。それと、また、そういわれて、だまっている雀があわれです。なるほど、雀はもう時間がくれば、鳶のねぐらへつれてゆかれて、えさになってしまうことはわかっています。しかし、少しでも生きていたい……羽がなくても、生きていたい、と雀はねがっているのです。

鼠は大きな傷を負っているといってましたが、しかし、鼠にも雀とおなじような気

持ちがないとはいえません。鼠《ねずみ》は鳶につつかれて出血もしているようですが、生きたいと思えば、いま眼の前ですくんでいる雀の血をすすることができます。そうして、鼠は、多少なりとも、鳶のくるまでの時間を、雀の血を吸ったことで、元気をとりもどして、この椎の木をおりてゆくこともできるでしょう。

ブンナは鼠のこうみょうな木のぼりをみたことがありました。足の先に鳥もちがついてるみたいに、柱やてんじょうにべったりくっついてあがっていきました。椎の木にへばりついて、おりてゆける力さえあれば——と鼠はひそかに羽のつけねの折れた雀を、おいしそうだとながめていはしないだろうか。油断《ゆだん》はならない。うそつき鼠に雀が近づけば、あののこぎりのような歯で、またたくまにたべられてしまうかもしれない。ブンナは、鼠がぶきみにみょうなことをつぶやいたので寒気《さむけ》が走りました。

どうぞ、鼠よ、ひどい目にあわさないでおくれ。

ブンナは、手をあわせたい気持ちでした。

「雀くん、そうふるえなくてもいいよ。おれはぜったいにおまえさんをくわない。だいいち、おれは、おまえさんたち雀族にうらみはないんだ。まったくないといえばうそになるかもしれないが、おまえさんたちには羽がある。おれたちがたべたくてよだれをだしている米だって、おまえさんたちは、たんぼに干してあるじぶんからたべていたね。こっちが腹へらして、どぶの中をはいずりまわっているとき、おまえさんたちは、稲《いね》かけの稲束《いなたば》にすずなりにとまって、うたをうたってた……あれだけはうらやましかった。ずいぶん、羽のないおれたちは劣等感《れっとうかん》をもったものだ。けど、これはたいしたうらみではない。おまえさんたちは、空にすんでいたからね。それに、おまえさんたちが、よく倉の屋根がわらの下に巣《す》をつくってたことがあるね。あれを襲《おそ》うのが、おれたちの仕事の一つだった。恨《うら》みはどっちかというと、おまえさんたちにあるだろう。おれはそれをよく知っているよ……だいじょうぶだ。ここでおまえさんをくって、おれのいのちがすこしのびたにしても、おれはうごけない。どうせ鳶のねぐらゆきさ」

鼠はそういうと、自嘲的《じちょうてき》な笑いをまたもらして、

「ちくしょう……鳶のヤツは、こんなところへおれをあずけやがって……らくしょう」

とうらめしそうに泣きました。雀は、そのしおれた鼠に安心したのでしょう、しばらくだまっていましたけれど、明るい声になると、

「鼠さん……うたがってごめんなさい」

といいました。

「怒《おこ》ってなんかいないよ。おれはいまもいったように、おまえさんたちにめいわくはかけたが、かけられたおぼえがないから。……かんがえてみれば、おれも、ずいぶんわるいことをしてきた。いま、こんな目にあったのも、ばちがあたった気がする。雀《すずめ》くん。鼠のおれが、ぐちをいっておかしいだろうが、じっさい、きょうのおれはどうかしていたんだ。とにかく、もちをくいすぎたのがいけなかった。毎年、人間たちは、このごろになるともちをつく。村祭りがくるからね。そのもちつきの音がしだすと、おれたちも活気づいて……それぞれの持ち場でどろぼうをはたらくのだが、おれは、寺のおしょうさんの大事にしている供《そな》えもちをたらふくやらかしたんだよ。寺のもちは、村の人たちが、仏さまにそなえたものだ。その仏さまのもちをくったのだから、罪《つみ》は重いさ。胸が焼けて、もう水がのみたくて、しようがないものだから、おしょうさんの眼をぬすんで台所へいってと思って、本堂《ほんどう》からしのび足でゆくと、村の人らが集まってた……そこで、おれは外へ出て、たんぼへおりたのさ。おれがもちで腹をふくらまして、よたよた歩きをしているのを鳶《とび》はみたのさ。ちくしょう、あのもちさえもうすこし、かげんしてたべておれば、こんなことにならなかった。鳶のヤツに一発やられたぐらいで失神するおれ様じゃない……みぞの穴にだって、土管にだってころげこむ敏捷《びんしょう》さがあったはずなんだ……ところがさ、もう、胃袋がいっぱいでよたよたのところをやられたから、ザマはないよ……」

ブンナは、ありそうなことだと、ひそかに鼠をわらってやりたい気がしました。しかし、ふと、雀にやさしくなりはじめた鼠がふしぎでした。仏さまのもちをくったばちだといって、いまの境遇《きょうぐう》を観念しているふうなのも心をうつのです。あの鼠に、殊勝《しゅしょう》な気持ちがある。これはおどろきでありました。雀がこわがって、たべないでね、と哀願したときの、ブンナの鼠にたいするいやな気持ちをふきはらいました。

「雀くん」

鼠はためいきまじりにいいます。

「おまえさんたちよりは、おれたちのほうが、わるいことをしてきた。いま、おれはつくづくそう思う。鳶のヤツが、おれを目がけてきたのは、ひょっとしたら、鼠の仲間でも、おれがいちばんわるいことをしてきたからではないか、とね。おれは、たしかににくらしい顔だちだしさ。鼠ってのはちょっと、かわいげな顔だといわれるのに、おれだけは、ほれ、ここのところに、コブがある。それで、みんなにこわがられたよ。事実、おれは仲間とけんかしても、つよかったしね……もちの集まる寺だって、おれの持ち場で……おれが大将だった。おれはしたっぱをつかって、てんじょうへもちをはこばせてはくっていた。仲間にもおそれられていたんだ。こんなに傷を負ってさえ、おまえさんにこわがられるぐらいだからね……」

そのあとも鼠はぶつぶつとなにかいっているようですが、ブンナには、よくきこえませんでした。さっするところ、鼠は、いま懺悔《ざんげ》しているようなのです。

ああ、百舌《もず》もそうだったが、鼠もいま、自分の過去をふりかえってくいている。ブンナは、兇暴《きょうぼう》な百舌にも、狡猾《こうかつ》な鼠にも、自分の罪をくいる心があると思うと不思議でした。鳶のねぐらへつれてゆかれるあわれな境遇が、そのように、心をすなおにさせるのでしょうか。鳶というもう一つ上の悪者のえじきになる境遇から、どうもがいてもにげ切れないと観念したときに、鳶のわるぐちばかりをいうのではなくて、自分自身の過去をふり返ってぐちをいう、百舌にも鼠にも共通した心の裏があるのでしょうか。ひょっとしたらたすかりたいという最後の願いがあって、たすかるためには、自分の心をくもらせていたよこしまなものを、洗《あら》い落としてしまわねばというような気持ちがはたらくのでしょうか。

あきらめ――。もうどうしようもない死を直前にした者の、かならずたどりつかねばならない心境というものは、外の敵をののしることではなくて、自分をののしることなのかもしれない。そんな気持ちがするのです。

ブンナがそんなことをかんがえているときでした。鼠が、穴のへりをまわりはじめたようです。

「ちくしょう……もうすこし、元気なら、ここからおりてゆけるんだが……あばらが痛くて、どうにもならねえ」

鼠は歯ぎしりしているようです。そうして、土をたたいたり、へりを口で突《つ》いたりしているようです。どこかに逃げ口がないか、さがしているのです。

「ここは、椎《しい》の木のてっぺんだな。雀くん」

「そうです。雷《かみなり》が落ちて折れたんです」

「そうかい、おまえさんたちは羽があるからよくみてるんだよな……どこかにおりてゆける道があるといいがなァ」

鼠は必死にさがしてまわります。

「すぐにはおりられねえけどもよ。もしおりるところがあればと思ったんだ。あいててて、このあばらじゃ、とてもおりられないや、もし、鳥のヤツが、二、三日おれをここにおいてくれたらなんとか、元気をつけてにげられるかもしれないな」

雀はこのとき、鼠が元気をつけるためには自分をくうかもしれないと思ったのでしょう。いままで、こびていた声をかえて、急に、鼠にいいはじめます。

「鼠さんは、木のぼりがじょうずだから、きっとにげられるよ。元気をつければ、いいのよ。それにはね……この土の中の、かえるをたべるといいよ」

「なにいッ」

と鼠が急に手足を静止させたようです。

「かえるがいるって」

「そうなんです。きのうみかけたんです。背中のあおい、トノサマがえるだったよ」

「子がえるかい」

「いたのよ。あたしがつれとここへきたときいたのよ。かえるにも羽がほしいって生意気なことをいってたわ」

「ほんとか」

「もしなにかをたべて元気をつけるんだったらあのかえるからにしてよ。あたしをたべないでよ」

鼠はこのとき、雀をにらみつけたようです。雀は地めんをたたきはじめました。そしてこんなことをいうのです。

「かえるッ、おまえさん、地めんの中にいるんだろう。でてこいッ、かえる、ゆうべ、音をさせていたろ。きいたんだから、出ておいでよ、でてこいッ、かえるッ」

雀はだんだん大声になって地めんをたたきます。ブンナは、息をころして耳をたてていました。ちくしょう。なんて、卑劣《ひれつ》な雀だろう。ゆうべは、あんなにわるかったと懺悔していたのに、いま、鼠に向かってこんなことをいうのです。自分のいのちがあぶなくなると、また、弱いものを身代りにしようとたくらむのです。ブンナは息の音さえさせまいと、じっと眼《め》をつぶって、おそろしさと、にくしみにたえました。と、このとき、鼠がいいました。

「やめな、小雀、やめろよ、おめえってやつは卑劣なヤツだな。自分が生きのびたいために、かえるを身代りにしやがる。かりに、いま、おまえさんが、そのかえるをおれにくわせたとしても、おまえさんが助かることになるのか。どっちみち、おまえさんは鳶のえさだ。死にかけに、もうひとつのいのちを、他人のおれにくれてやる、そんなことまでして、みじかいてめえのいのちを生きのびたいのか。馬鹿者《ばかもの》ッ、かりに、その子がえるが、この地めんの中にいたって、おれはくえねえんだ。くう力がないんだ」

「鼠さん……あたしは、すこしでも長生きしたいんだよ、きょねんかえしたヒナも大きくなってるし、ことしも卵をうんでまたヒナをかえして、あたしは生きたいんだ。それがわるいの……どうして、そう思うことがわるいの、鼠さんだって、いま、このてっぺんからおりるために力をつけたい、なにかたべたい、といったでしょ、あたしだって、あたしだって……」

　雀は泣きじゃくりだしたのです。鼠がいいます。

「助かりたいと思うのは自由さ。けどもよ。かえるまでまきぞえにすることはねえでねえかよ。地めんの中にいるかえるまでよォ」

　鼠はそういいながら舌なめずりしたようです。

「それごらんよ。鼠さんだって、子がえるはおいしかったでしょう。あたしばっかり責めないでよォ」

「ひどい小娘だ。ぴいちくぴいちくやってやがったときは、のびやかで、くったくなくてかわいいヤツだと思ってたが、近くではなせばこの正体だ。この小肥《こぶと》りアマめ。おまえさんのいいてェことはよくわかったよ。このわるッ」

　鼠は近づいて、小雀をなぐりつけたようです。雀はへりに頭を打って悲鳴をあげました。

「ちくしょう、こんなヤツこそこらしめてやりてェ、ほとけさんのもちをくった罪のつぐないに、この小肥り野郎《やろう》をくってから死にたいもんだ」

　雀は逃げまわります。鼠は追いかけているようです。

「助けてェ、助けてよォ。あたしは鼠さんたちになにもわるいことはしてなかったでしょう。助けてよォ」

　雀は必死に助けを求めて走ります。このときです。まるで雀の泣き声にさそわれたかのように、空に大きな羽ばたきがきこえたのです。鳶です。ブンナにはそれはよくわかりました。

「ああッ」

　と鼠と雀が同時にさけびました。

「きやがったな。くそ、おーい、はやすぎるぜ。おれはいまさっき、きたんだ。古いヤツがいる。小雀がいる。こいつが先からきてたんだ。おい、順番にしてくれよーォ」

　鼠の声はブンナの耳を打ちのめしました。

「あたしじゃない。鼠のほうが先だよオッ」

　雀もまけていません。金切りごえをあげてさけびます。と鳶は、穴《あな》のへりにわし爪《づめ》を二本どっかとおろしました。地めんが大きくゆらぎます。

「助けてェ、助けてェ」

　小雀の声です。鳶は、雀のほうを口にくわえたのでしょう。悲鳴をあげた雀のばたつく音がして、助けてェ、助けてェという声が高まって、やがて、また、ひとゆさぶり穴がうごいたかと思うと、羽ばたきがして、鳶は空へとび立つのでした。

「助けてェ、助けてェ」

雀の声が小さく遠ざかります。ブンナは雀の泣き声であわれを通りこしたふかい悲しみに落ちこみ、全身を凍《こお》らせて、耳をたてていました。

と、このときです。頭の上で、鼠の泣く声がしました。鼠はしくしくしくしく泣くのです。ああ、鼠は、自分も死がせまっていることがわかると同時に、ひと足早く鳶のえじきになりにいった雀があわれでならなかったのでしょう。

ブンナは、鼠の心の孤独《こどく》と寂寥《せきりょう》がわかって気がめいりました。しかし、どうすることもできないのでした。ただ、穴にこもって、鼠がこれからなにをつぶやくか、どうするかをきいているしかないのです。それにかんがえてみれば、自分だって、ひとのことをとやかくいっておれる状態ではありません。

「ちきしょうッ、こまっちゃくれた小雀だったけど、正直なヤツだった。それにくらべたら、おれのザマはなんだったろう。調子のいい説教をしていたくせに……いざというときがくると、あいつが先だったと、おれは雀を売っていたよ。生きたくねえ、もうかくごしてるといってたくせに……あいつより、おれのほうが、生きたかった……おれってヤツはわるだなァ…ちきしょうッ。でもよ、鳶のヤツは、どうして、おれを先にもってゆかないで、あいつをもっていったんだろうな。おれよりあの小肥りがうまいと思ったのかなァ。おれのほうが肉もあるし、大きいのに、なぜか置いてゆきやがった……やっぱり順番かな……」

鼠のひとりごとは、ブンナの心を打ちのめしました。鼠は雀が正直だったといったのです。ブンナは、憎《にく》い鼠にも自分をふりかえって、こんなに正直なことをいうときもあるのだと、ふかく心をうたれたのです。

ブンナは、このとき外が晴れているのか、くもっているのか、お天気さえわからないで、じっとかくれていなければならない自分が、しだいに心細くなってきました。ブンナは穴の土のなかに、ときどきはうごいてみせる小さな虫をみつけては、それをたべていましたので、うえ死にはしませんでしたが、しかし、このままだと心細いのです。虫がいなくなったら、たべものにも困《こま》りますし、外へは出てゆけないのでした。なにしろ、頭の上に鼠がじっとねているんですから。

たぶんそれはもう夜になっていたでしょう、風もやんだようで、冷えがつよくつたわってきました。ブンナは穴の中でうとうとしていた耳へ、また鼠の泣く声をききました。鼠はさめざめと泣きました。傷《きず》の痛《いた》さに耐《た》えられないのでしょうか。それとも、友だちの雀のいなくなったさびしさと、近づいてくる死のおそれのために泣くのでしょうか。暗いやみをとおして、ひとりきりの鼠が泣く声は、ブンナを悲しませました。けれど、ブンナは、その鼠をなぐさめることをしなかったのです。どんなことがあっても、どんなときがきても、へびと鼠を信じてはいけない。それは死んだ父母のしつこく残していったおしえでした。

鼠の泣き声は、なにもみえない黒いやみの土をとおしてしみとおるようにきこえました。

第六章　月夜に鼠《ねずみ》が思案したすえに木からおちること

さめざめと泣く鼠の声をきいていると、ブンナも泣きたくなるような気分でした。
しかし、鼠の泣き声にまじって、遠くから、ほうほう、という声をきいたとき、ああ、みみずくがないているなとブンナは思いました。すると、いまは夜になっていて、月が出ているのだな、とブンナは思いました。そうです。みみずくは、夜になくのです。なくと、翌日は晴れだとおしえられていました。

ほうほう、のりつけほうせ
ほうほう、のりつけほうせ

みみずくはこうないています。ブンナはよく母から、みみずくは天気をおしえ、月の出をおしえ、日の出をおしえるときいていました。そうすると、鼠はいま月をあおいで泣いているのでしょうか。

ほうほう、のりつけほうせ
ほうほう、のりつけほうせ

のりつけほうせ、ときこえるのは、かえるの耳にだけそうきこえるのではなく、寺のおしょうさまたちにもたぶんそうきこえたのでしょう。おしょうさまは、みみずくがなくと、戸をあけて外をみて、干《ほ》し物をのきしたに出しました。

つまり「糊《のり》つけ干せ」とみみずくは、夜からよく朝へかけての天気予報をしているのです。だが、いま、みみずくの陽気なうたをきいていると、あしたが天気であろうがなかろうが、死の直前で苦しんでいる鼠があわれです。

ほうほう、のりつけほうせ
ほうほう、のりつけほうせ

みみずくは、だんだん近づいてくるけはいで、ブンナのかくれている椎《しい》の木とそう遠くない一本の木にきてないています。

ああ、みみずくは夜でも眼《め》がみえるのだな、とブンナは思いました。これも、母のおしえてくれたことで、鳶《とび》やたかは夜をおそれますけれど、鳥の中で、夜がこわくないのはみみずくとこうもりだ、ということです。夜がみえねば、晴れた月夜もわからないでしょう。

いま、ブンナは、しきりとみみずくが椎の木のそばにきてうたうのは、ひょっとしたら泣いている鼠になにかをつげているのではないか、と思いました。

みみずくは、月が出たことを鼠にしらせているのではないでしょうか。これはブンナの直感でした。ブンナがそれを感じたとき、ぴたりと鼠の泣く声もとまりました。

おや、鼠もみみずくの声で、かんがえはじめたようだ。

ほうほう、のりつけほうせ
ほうほう、のりつけほうせ

頭の上で、鼠がいずまいをなおす音がします。

鼠はまだうごけるらしい。しかし、雀《すずめ》にさっき話していたことを信ずれば、肋骨《ろっこつ》は折れ、背なかとうしろ首に穴があいて血が出ているのです。傷《きず》は重いのです。うごけることはうごけても、高い木の上から、つたいおりることはできないでしょう。

ほうほう、のりつけほうせ
ほうほう、のりつけほうせ

みみずくは、月夜だから、鼠さんいまのうちににげなさい、とおしえているようです。ブンナは、鼠がいま、思い屈《くっ》した上でながい思案をしているな、と思いました。そうです。思案がいるはずです。鳶は眼がみえないから、ねぐらでぐっすりねているでしょう。にげる機会はこのときをおいてない。ブンナは、もし、鼠が逃亡《とうぼう》に成功したら、自分もそのあと、にげたらいい、と思いました。おそらく、翌朝になれば、鳶は鼠をさがすでしょう。そのときブンナの穴が発見されないとはいえないからです。

ブンナは、鼠がすこしでも早くためしてみないか、と心待ちしました。冷酷《れいこく》なかんがえ方ですけれど、どうせ、鼠はあすになれば、鳶にたべられてしまう。それだったら、この月夜を利用して、最後の力をふりしぼってにげてみてはどうでしょうか。鼠は、なんといっても木によじのぼったり、つたいおりることが得意ですし、それに月夜なら昼のように眼はきくでしょう。

　ブンナは思案している鼠に、勇気をだして木からおりることをすすめたかった。しかし、どういうわけか鼠は、いずまいをなおしただけで、また静かになりました。みみずくもなきませんでした。たぶん、みみずくは、ふきんの動物たちに、あすの天気をつげて、どこかへとびさったのでしょう。

　ブンナは、鼠がなにもしないで、じっとしているのが、はがゆくなりました。いっそのこと出ていって、いまのうちににげなさい、どうせあすになると鳶がくるのだから、たとえ失敗したとしても、気がすむではないか、あなたが、逃亡に成功したら、自分も実行するつもりだ、とともに力をあわせることを約束《やくそく》したかった。

　しかし、これは、すぐ、虫のいいかんがえだと気づきました。鼠はにげたいでしょう。けれども、傷を負っています。いたい足をひきずって、十メートルのこの木をおりることは、必死の行動でなければなりません。ブンナなら、木に股《また》があることや、いくつもコブがあるところを知っていますからなれています。けど、鼠はこの木は無《ぶ》案内《あんない》でしょう。

しかしまた、かえるとくらべて、鼠のほうが敏捷《びんしょう》なのは当然ですし、いくら手足がいたくて、肋骨が折れていても、かえるのようなことはない。そう思うと、鼠がながいあいだ思案しているのに、ブンナはいらだちをおぼえました。

と、ブンナの耳に、鼠がなにやらつぶやくような、かすかな音がしました。ブンナは耳をすましました。

「ちくしょうめッ、こんなにはれあがってきたよ。どうせあいつにくわれるのなら……おんなじだな……」

鼠は、自分にいいきかせているけはいです。

「痛いのをしんぼうして、おりてみようか。せっかく、みみずくさんが知らしてくれたんだ。あのままねいっていたら、おれは、月の出たのも知らずに、朝をむかえるところだった……よし、死んでもかまわない。朝がきてあいつにくわれるよりは……ここから落ちて死んだほうがいい……椎の枝《えだ》や葉にひっかかって……地めんへ落ちるのだから、傷は多くなるだろうが……万が一の運でたすかるかもしれない」

鼠は、そうつぶやきました。ブンナは、うれしくなりました。走り出ていって、力になってやりたかった。しかし、それはできません。かえるをみたら、鼠は、腹《はら》ごしらえしてから、仕事にかかるでしょう。ブンナは、じっと、がまんして、穴の中から鼠を声援《せいえん》しました。

鼠はやがて、いざりはじめました。いよいよ仕事にかかるのだな、とブンナは思いました。

地めんのへりが木の皮で高くなっていたことを、ブンナは思いだしました。鼠にはそんなへりをこすことは朝飯まえのはずですが、なぜか時間をかけています。やっぱりひるむのでしょう。鼠はかすかな泣き声をだしました。そうして、広場のへりへよって下をのぞいたようすです。そのはく息がブンナにつたわってくるようでした。鼠はやがて、へりに手をつかえ、じりじりとよじのぼったようでした。と、一瞬《いっしゅん》、鼠がさけんだ声と、木のへりにからだをすらせた音と、さっと風を切って下降《かこう》する音がいっしょにしました。鼠はう、う、うッ、あぁッとさけんで間《ま》なしに遠くへ落ちたのです。ブンナは眼をつぶりました。

「あぁーっ、あぁーっ」

と鼠の悲鳴が遠い地めんのほうで高くきこえ、やがてそれが遠のきました。

鼠さんよ、無事であってくれ。ブンナは合掌《がっしょう》したかった。不思議といわねばなりません。あれほどにくんでいた鼠のために、ブンナはいのっていた。

さあ、こんどは、自分の番だ。ブンナは、そう思いました。ぐずぐずしていてはいけない。自分は鼠のように、失敗はしてはいけない。ゆっくりゆっくり慎重《しんちょう》におりてゆこう。そう思ってブンナは、穴《あな》からしずかに上へのぼりはじめました。そして、地めんに頭だけ出して外をうかがいました。月が出ています。広場にはだれもいません。ブンナはひょいと地上へ出ました。

ながいあいだ、穴にこもっていたので、頭が変でした。眼がくらむような気持ちです。空をみました。まんまるい月です。しかし、その月にうすいくもがかかってきます。ああ、だんだんくもがかかるぞ、とブンナは思いました。と、このとき、ブンナは、広場にかすかな音がして、無数の虫がとんでくるのをみました。おや、これはなんだろう。鼠が残していったものなのでしょうか。

何百といってよいくらいの羽虫《はむし》が広場の土にうごめいています。ああ、鼠や雀や百《も》舌《ず》にくっついていた虫だな、ブンナは、むちゅうになってそれをたべました。おいしいといったらありません。空《す》いていた腹が、すぐに満腹《まんぷく》になり、ブンナは、すっかり上機嫌《じょうきげん》になりました。

と、このとき、月に黒いくもがかかりました。空は黒板のように暗くなり、冷たい風が出ました。ブンナは肌寒《はださむ》くなり、穴の口へもどりました。ブンナは鼠のあとを降りていたらやみにあって、おちていたでしょう。そうだ。もっと明るい月夜をえらんでおりることにしよう。鼠のような目にあってはにげたことにならない。ブンナは、腹いっぱいになったことだし、こよいは穴にもどってぐっすりねようと思いました。そうして、翌日、鳶のいないまに、ゆっくりと、慎重におりたほうがよい。そう思って、ねむりにつきました。

ブンナが、夢《ゆめ》をみたのはこの夜のことです。それは地上の沼《ぬま》の光景でした。おおぜいの土がえるたちが集まって、ブンナのかえってこないことを心配しているのです。親がえるが木をあおいで、てんでに勝手なことをいっています。

「ばかなヤツだよ、あれほど、おりてこいといったのに、意地張ってのぼるからこんなことになったんだ、みてごらんよ……あんな大きな鳶がとまっているぜ」

「ブンナはもう鳶にくわれたろうね……おとうさん」

子がえるが、心配そうにききます。

「十中八九はたべられたろう」

「けど、ブンナは、木の葉にかくれるのがうまかったからね」

とわきから、べつの土がえるがいいます。

「ブンナは、きっと木の穴をみつけて、そこへはいってすくんでいるかもしれないね。

自信たっぷりにのぼっていったからな。おとうさんが、鳶がくるからといっても、だいじょうぶさ、とわらってのぼっていったからな」

「それなら、もうとっくにもどっていなければならないぜ。もうこれで三日目になる。だいいち、木の上にはえさはないぜ。かわいそうに、ブンナはもう鳶にくわれて天国へいったんだ」

土がえるたちの会話は、いつまでもつづいて、沼はなすび色にくれなずんでいました。どの土がえるも、みなブンナのおぼえている顔でした。口はわるいけど、ブンナにやさしくしてくれた連中でした。

その土がえるが、ブンナを心配してくれている心はあたたかかった。ああ、みんなに心配をかけている、みんなを早くよろこばしてやるためにも、自分は地上へかえらねばならない。ブンナは自分にいいきかせたはずみに目がさめました。夢とも現実ともつかなかった地上の光景が、いつまでもブンナのまぶたにのこりました。ブンナは、地めんに落ちて死んだであろう鼠のことを思って眼をつぶりました。

翌朝になりました。ブンナは、冷えていたまわりの土が、湯気をたててかわいてゆくので、外はみみずくの予報どおり天気になったな、と思いました。

さあ、鳶のこないまに、にげねばならない。そう思ってブンナは穴の周囲の土をさがして、また、一、二ひきの虫をみつけてたべてから、外へ出ようとしました。と、このとき、大風の音がしました。

しまった、鳶だ、ブンナは穴にへたりこみました。瞬間、どさっと大きな音がしました。頭の上がゆらいで、なにやら鼠の泣いた声がします。おや、とブンナは耳をそばだてました。たしかに頭の上をもじもじうごくものがあります。鳶がきて、新しいえものを落としたのでしょう。そう思っていると、大きな羽音は遠ざかりました。

「ちくしょう……せっかく……うまくおりたのに、みつけやがって……」

いまいましそうにいったのは、鼠でした。ああ、ゆうべの鼠が、またつかまったのだ。

かわいそうな鼠。きっと、あのまま落ちたにちがいありませんが、とちゅう、枝や葉にひっかかって、いくらか力をよわめられた速度で、地めんに落ちたのでしょうか。石の上なら気絶したはずですが、やわらかい土だったとみえてたすかったようです。ところが、落ちた場所で夜をあかしていて、朝になって、また鳶にみつかったのでしょう。

かわいそうな鼠さん。ブンナは、あんなにながい思案をして、出ていった鼠の気持ちがわかるだけに、気の毒でたまりませんでした。すると、ブンナの耳に、鼠がすすり泣く声がしました。

ああ、あの鼠《ねずみ》が、朝からすすり泣く。昨夜も月に泣き、けさはまた陽《ひ》の下で泣かねばならない鼠の悲しみが、ブンナの胸をしめつけました。

鼠はずいぶんながく泣いていました。とつぜん、また大風の音がしたとき、ぴたりと泣くのをとめました。ブンナもからだをこわばらせました。

と、このとき、木がまた大きくゆらいで、鳶の羽ばたきといっしょに、なにやら重いものがどさっと、落ちる音がしました。ブンナの周囲の土は地震《じしん》のようにゆれました。大きなものがきたぞ、ブンナは恐怖《きょうふ》をおぼえました。

鳶はあらあらしく羽ばたき、足に力を入れ、木をけるようにしてとびたちました。鼠はどうしたのでしょう。つれられていったのでしょうか。ブンナは、つれられていったな、と思いました。と、頭の上ではなにやらうごくけはいです。このけはいは、これまでにない無気味な、いやなものでした。

「たべないでおくれよ。へびさん、たのむからたべないでおくれよ」

鼠が哀願《あいがん》するようにさけぶのがきこえました。

ああへびがきたんだ。あの大きな音と、気味のわるかったうごきは、へびだったのだ。鼠は、そのへびににらまれているのだ。ブンナも息をつめました。

「たべはしないさ。安心しな、おれは、このとおり、口もやられているし、頭もやられているんだ。それに……みてくれよ、片眼《かため》もさかれている、このざまだ」

へびは割れ声でいって、ひひひひとすこしやけっぱちにわらいました。

「おれは、もうなにもくう元気がない。のみこむ力もない。しかし、おまえさん……こんなところでなにしているんだい」

「へびさん、わたしだって、あんたと同じだ、鳶にさらわれてきたんだ。みておくれ、わたしはもう全身きずだらけだ。じつは、ゆうべ、ここをうまくにげたはいいが地めんで気絶しているところをみつけられてまたつれてこられたんだ。へびさん鳶はひどいヤツだ、お、おれを、こんなひどい目に……」

鼠は、もう手足もうごかないとみえて、うめくようにいいます。

「あいつはひどいヤツ、弱いものをなぶりものにしやがる」

「そうかい、おまえさんも、鳶にやられたのか。そうすると、ここはなにかい、鳶がえさをためておく場所かい」

「そうだよ。わたしがきた時は雀《すずめ》が一羽《わ》いた、かわいそうに羽を折られてそれ。その前に百舌がいたそうだ。百舌も、雀もつれてゆかれたよ。おれは、雀のくわえられてゆくのをみてから……どうせ、くわれるならにげてやれと思って、ゆうべは月夜だったんで半死のからだにむち打って……ここからおりたんだ。ところが、このざまだ。あいつらは一どつかんだえものは、ぜったいにがさない……」

鼠は残念そうにいいますが、へびの片眼がこのとき、光ったのでしょうか。

「へびさん、たのむから、たべないでね、たべないでね」

あとしざりして哀願するようすです。穴のへりにへばりついているようです。

「たべやしない。このとおり、おれは口をやられているといったじゃないか。おまえさんがいくら弱っていても、そんな大きな図体《ずうたい》はもうくえない。のども内側が切れているしね。かえるぐらいならまだくえるが……」

ブンナはぎょっとしました。へびは、まだかえるがくえるぐらい元気なようです。鼠は大きくてのどを通らないからたべないが、かえるならたべるといったのです。ブンナは鳥肌がたち、全身ががたがたふるえました。

鼠は、どうやら、安心したようです。が、なぜか、だまりこんでしまいました。ブンナは、脱走《だっそう》に失敗し、またここへつれてこられた鼠がかわいそうだったな、と同時に、木から落ちても死なずに失神していたしぶとさも、うらやましいことだと思いました。だがその鼠がまた、ここでこんなおそろしいへびにあおうとは、よくよく運のわるいことです。鼠の気持ちになって、暗い気持ちになったのです。

鼠は、にくらしい鳶《とび》によって、自分の運命が、好きなようにふりまわされているのが口惜《くや》しかったことでしょう。だが、その鼠だって、きのうの昼は雀にむかって、調子よくいいたい放題のことをいってましたた。雀を安心させるために、もう自分は死ぬ覚《かく》悟《ご》だなどといってましたが、夜がきてひとりぼっちになると、さめざめと泣きだし、そして月が出たとなると、鳶のねているスキをみて、脱走したのです。

鼠がしぶとく生きのびたいと思う気持ちもブンナによくわかりました。ブンナは、それがよくわかるから、鼠が無事にげおおせてくれることをいのったのですが、なんと木のへりへあがって降りようとした一瞬に、地に落ちたのです。ブンナはもう鼠は死んだろうと思いましたが、それがまだ、生きていて、あろうことか、鳶にまたつれられてここへ持ちこまれたのです。そうして、こんどは、傷《きず》ついたへびとの同居《どうきょ》です。へび――。いくら傷を負っていても、こんなおそろしい、悪魔《あくま》のような動物のいうことを信じるものはありますまい。

口が切れて、のどもさけ、片眼だといっても、それはうそかもしれない。もともとへびは口が裂《さ》けているではありませんか。鼠を安心させはしましたが、どこまで信じられるものか。かえるぐらいはくえるといった。かえるなら、いまでもたべられると。それなら、傷がいえて元気が出たら、鼠だってくえましょう。眼のまえの鼠は、何度となく地べたに落ちているのですから、弱りきっています。好餌《こうじ》だったでしょう。

鼠さん、へびのいうことなんか、信用したらいけないよ。気をつけなさい。ブンナは、頭の上に、血だらけの頭をしてとぐろをまいているらしいへびの姿を想像しただけで、もうせすじがこおりました。そのまえで、黙《だま》りこんでいる鼠が、どんな顔をしているか、哀《あわ》れで気になってしかたがありませんでした。するとへびがいいます。

「ひどい目にあったよ。おれはばかだった。どうして、あんなヤボなかっこうでとり小舎《ごや》を出て屋根にのぼったのかね。いまから思うと、空の敵にまったく無警戒《むけいかい》だった。鳶のヤツが、このごろしきりに冬じたくにかかっているときいてはいたが……まさか、あんなところにいたおれを、みつけようとは思わなかったよ……ちくしょう、おれは、おとなしく、穴へもぐっておればよかったんだ、だが、あんなにいい天気だったし……目をつけておいたお寺のとり小舎の卵を、どうしても、一つ失敬してから冬ごもりにはいりたかったんだ……土の中におればいいものを欲をだしたのがまちがいだった……卵をくってから屋根へあがったのはなによりの手ぬかりだった……なんであのときおれは」

へびは、鼠にいいきかすのか、ひとりでぐちるのかわからないようなものいいで、かすれ声でつづけます。

「欲をかいて穴を出たのがいけなかったんだなやっぱり。おとなしく、子供らといっしょにねむっておれば、こんなめにあわなかったんだ。しかし、そうはいってもあの卵はほしかったからなあ」

ブンナは、へびがこんなことをいうのを、はじめてきいたと思いました。へびにも子がいて、へびは、もう、子供らと冬ごもりにはいろうとしていたのでしょう。ところが、あんまりいい天気だったのと、目をつけておいたとり小舎の卵が気になったので、それを失敬したあと、屋根にのぼっていた……そこを鳶にやられたのです。ブンナはへびがちょっとかわいそうな気がしたと同時に愉快《ゆかい》になりました。あの細心《さいしん》で、敏感《びんかん》で、狡猾《こうかつ》で、獰猛《どうもう》なへびが、うっかりしていて鳶にやられた光景がうかぶと、ざまをみろ、といいたい気もするのです。

やがてこのへびも、鳶のえじきになるでしょう、そう思えば、同情もわかねばならないのですけれど、どういうわけかそんな気がおこらない。

そうです。ブンナは、へびというものは、ぐちをいったり、泣いたり、後悔《こうかい》したりするような心などもちあわせていない、冷血《れいけつ》動物だと思っていたのでした。当然のことです。どこの世に、へびにこころがあるなどと思うかえるがいましょうか。

第七章　へびが美しいことをいったあとで

ブンナの父母は、この世でいちばんおそろしいものはへびだといっていました。へびは、かえるを世の中でいちばんたべやすいえさだと思っていますし、いつどんなところでかえるをみつけても、みつけた以上はめったにのがしはしない。音もたてずにすばやく走ってきて、丸い赤い眼《め》をキラキラ光らせ、さけた口から長い細い舌をだし、居《い》すくんでいるかえるをぱっくりやるのです。かえるは足をかまれ、カマ首をあげたへびに、さかさまに宙づりされて泣くばかりです。

それはもう、かえるにとっては、どんな遠いところからにらまれようが、にらまれたら運のつきでした。どうしてかえるは、へびににらまれると、あんなにこしがぬけて、にげようとしても、力がでなくなり、まるでへびにすいよせられるように、くわえられてしまうのか、だれのくわれた場合でもみな、そうでした。恐《おそ》ろしいへびなのだから、みつけたらにげればよいわけですが、不思議とイタチや、人間の子供に追いかけられるときとちがって、もうへっぴりごしになってにげきれなくなるのです。

ブンナの母も、沼《ぬま》でブンナとあそんでいたところをへびにみつけられ、まったく、あわれなすがたで、あの七月の一日に、泣きながらくわえられてゆきました。母親だけでなく、きょうまでに、何びきの子がえるや親がえるが、すいよせられるように、へびにつかまって、たすけてェ、たすけてェと泣きながら、くわえられていったか。

「へびは寄ってくるときも、にげるときも、音はさせないからね。気をつけていないといけないよ。へびのいるところは、イチゴのあるところか、草やぶか、石がきの穴《あな》だよ。そのそばをとおるときは、眼をつぶって早く走らないといけない。みつかったら最後だから、なるべく水にもぐって泳いでゆきすぎるようにしなけりゃ」

ブンナに足がはえはじめたころ、母は、兄弟を集めて、へびにみつかったときのにげ方の訓練をしました。けれども、かえるに、へびがきたらこしがぬける習性があたえられている以上、そんな訓練はむだだったかもしれない。だが、母は熱心におしえたものです。

「いいかい。こんなところに、ときたまへびはひるねしているときがあるものだよ。うずになってね。じっとうごかないからといって、死んでいるなんて安心したらダメだよ。死んだまねをしていて、そばへゆくと、パクリとくいつくんだから……」

そういえば、夏のある一日、こんなことがありました。そのときへびはとろんとした眼をしていて、あのぬめったような冷たいからだが、かさかさにかわいてみえ、あおむけになって白い腹《はら》をみせていたのです。友だちが、まずめっけて、おーい、へびが死んでるぞ、としらせにきました。みんなそこへゆきました。最初は遠くからみていましたが、一ぴきの土がえるだけは、しっぽへよっていってちょっとさわってみました。生きておれば、へびは、かま首をもたげるか、頭と尾《お》を一瞬《いっしゅん》うごかしていずまいをなおすはずです。だが、へびはそのときしっぽをうごかしもせず、ぐったりしていました。

そこで、はしゃいだ土がえるは、尻尾《しっぽ》をつついてみたり、うしろ足でふみつけてみたりしたあと、だいじょうぶだ、おーい、へびが死んでる、とみんなにおしえて、うれしそうにそのしっぽの上にあがって、おどりはじめました。みていた土がえるたちは、半信半疑でしたが、友だちが、おそろしいへびの腹の上でおどっているのをみて、この世の出来ごとでない気がし、やっぱりへびはもう死んでいるとわかったものだから、一ぴき、二ひき、三びきと近づいていって、おそるおそる冷たいへびの腹にさわり、しっぽをもちあげたり、つねってみたり、きゃアきゃアはしゃぎだしました。けれどブンナはしばらく用心ぶかく遠くからこの光景をみていました。もちろん、このさい、あのおそろしいへびの腹や背なかにさわってみて、いったい、あのような肌《はだ》のもようが、どうなってるのだろうと見学したい気がおこりました。このことはほかの土がえるもおなじでしょう。

いつも、遠くでふるえながら、みていたへびの肌です……青大将には青大将の、まむしにはまむしの、しまへビにはしまへビの……なんともいえない着物の柄《がら》のようなこまかい美しい（というよりは空おそろしい）独特な肌もようがあります。いっぺん、それをゆっくりみてみたかった。

母にきくと、へびというものは、かえるとちがって、欲のふかい動物だからうまれながらに、あんな入れ墨《ずみ》をして世間をごまかそうとしているとのことでした。それにしても、なんと手のこんだ美しい肌でしたろう。土がえるなどの、イボの出た黒茶色の肌とちがって、本当にすばらしい入れ墨です。ブンナは決心すると、みんなのあとについて、そのへびに近づいて、しろい腹がうろこのようにさかめになっているところや、背なかのもようが、大島《おおしま》がすりみたいになっているあたりを、ゆっくりとみ、それから、その感触《かんしょく》が、へんに生あたたかくて、ぬめっているのを、ゆっくり手でさわってみたりしたのです。

ところが、ブンナが、それをこわごわたのしんでいたとき、とつぜん、へびがぴくっと動いたような気がしました。みんなも同時にそれを感じたとみえて、腹や背なかでおどっていた四、五ひきの土がえるの中には、はじきとばされたようににげる者もありましたが、へびの頭のほうで、最初にみつけた土がえるが、とつぜんあッと声をたてて泣きだした。

　ブンナは、尾のほうにいたので、それはよくみえなかったのですが、土がえるは、腹の上でダンスしながら、だんだんと頭の上へよっていったということでした。と、死んでいると思えたへびが、とつぜん首をもたげて、その土がえるにパクついたのです。みんなはいちもくさんににげました。一ぴきの土がえるだけのこして、とにかくにげました。ブンナは、いまでもこのときの恐怖《きょうふ》をわすれない。くわえられた土がえるは、もうさっきまでのはしゃぎはどこへやら、たすけてくれ、たすけてくれと泣きさけびますが、だれひとりたすけにゆくことはできなかった。

　へびは、死んだまねをして、えものを待つものだという母の教訓が、このとき、ブンナに腹にしみてわかりました。その夜、ねぐらへかえって、その当時、まだ生きていた父に恐怖をはなしましたが、

「いくら眠《ねむ》っていても、へびはすぐ眼をさますものだ。へびは死んだからだをかえるの眼につくようなところにさらしたりはしない。おとうさんだって、へびが年をとって死んだすがたなぞみたことがない。お寺のおしょうさんにきいてみてもそういうだろう。へびというものは、この世のあらゆる動物にきらわれながら生きるので、死ぬ

ときは、だれにも目のつかぬところで死ぬものだとおしえてもらったよ……あぶないところをたすかったのはよかったが、これからはへびだけはどんなことがあっても近づいたりしてはいけないね」

と父はいいました。

ブンナは、この日以来、へびにこっちから近づくことはなかった。どんなときにも、へびのいそうな草はらや、石がきの近くを通るときは、なるべく、水があれば水の中をくぐり、道があれば、道のへりにかくれてすばやく走ったものです。ところが、ブンナにへびが人眼につくところで死んだりしないとおしえた父が鳶《とび》にさらわれ、いっしょにきいていた母がへびにつかまって死んだのです。

いまブンナは、へびが頭の上で、鼠《ねずみ》にむかって鳶につかまってしまった軽率《けいそつ》さを後《こう》悔《かい》しているのをきいて、ゆかいなような、溜飲《りゅういん》のさがるような気がしたのは、以上のようなへびへの憎悪《ぞうお》と恐怖があったからにほかなりません。

へびは、おそろしがって、返事もせず、ただ、じっとすくんでいるらしい鼠にむかって、またはなしつづけています。

「おまえさんは、どこで見つかったか知らんが、わしはとり小舎《ごや》の屋根の上だったんだ。お寺のとり小舎は庫裡《くり》のうらにあったのを知ってるかい」

鼠はあいづちをうって、うなずいたようです。

「おしょうさんは、とりが卵をうんだら、コケコケッと鳴くもんだから、すぐ、小舎へとんでいって、ボール箱《ばこ》に入れておくんだよ。おしょうさんは、その卵にしるしをつけて、町からくる卵買いに売るんだが、その日は、どういうわけか、とりがないたのに、小舎にゆくのを忘《わす》れてたんだよ。おれは、なにげなく小舎を通りかかって、ほかほかの卵がめずらしく箱にあるのをみた。おおいに心がうごいた。だが、それでも、あんまりはなしがうますぎるのであぶないと思っていったん穴へ帰ったんだ。ところが、穴に子供らとねていても、まぶたにのこった卵のことがはなれない。どうしても失敬したくなった。それから先はさっき話したとおりさ」

へびはそこで、また、ばかげたことをした、といいました。鼠は、このとき、へびに多少は安心をいだいたのでしょう。力のない声でしたが、

「へびさん、あんたたちは、卵だとか、われわれ鼠仲間とか、大きな物をよくたべなさるが、いったい、そんな細いからだで、のどもほそいのにどうして、あんな大きなものがはいるんですか……」

ときききました。ふふとわらってから、へびはこたえました。

「それは、親ゆずりの技術でね……この口は小さくみえても、大きくさけたようにひ

らくし、のどもゴムみたいにできてて、大きくのびるのさ」

「でも、よくのどにつまらないですね」

「つまらないさ。しぜんとおくへながれこむようにできているんだ。けど、卵のような固いものは、困《こま》るな。両側からぎゅっとしめつけても、かえるや鼠のように死んでくれない。卵はますますかたくなる。それで……おれたちは母親からならった方法で、うまくその卵をわるんだよ……」

「おかあさんからならったって……」

「そうだ、おれたちのおふくろはものしりだった。かたいえものをくわえたときの処理のしかたを、小さいときからおしえてくれたんだ。卵の場合は、高いところへのぼればよい、屋根の上でも、木でもよい。一メートルくらいの高さのところから、思いきりよく、一ど落ちてみるんだ。頭を打たないようにね。すると、腹の中につまっていた卵はパチリと割れたよ」

　鼠は感心したようでした。ブンナも、もちろん感心しました。あのへびにそんな知《ち》恵《え》があったとは初耳です。

　ブンナは、へびが大きなかえるをのみこんだり、鼠をのみこんだりしたとき、小高い木にあがってゆくのを、たしかにみたことがあります。しぶとい鼠などは、へびの腹で生きてうごいていることがありました。へびは、高いところから落ちます。すると、腹の中のえものは死んだり割れたりします。まあ、なんという知恵でしょう。へびはこの知恵を、お母さんからおそわったという。へびにも、そんなやさしいおかあさんがいた——。ブンナは、これまで考えてもみなかったへびの一面を知ってびっくりしました。鼠もおなじ気持ちだったとみえて、

「へびさん……あんたたちも、生きるためにはたいへん苦労してきたんだね」

といいました。

するとへびはなまいきなことをいう鼠だと思ったか、ふふふと小馬鹿《こばか》にしたように、ひと声うなってから、

「そりゃ、おれたちは、苦労して生きてきたさ。だいいち、おまえさんらのようにからだが小さくない。生まれたときからこんなにながくできてるんだもんな。どうだながすぎると思わないか。それで鳶にみつかったり、人間の子供にみつかったりして穴にかくれようと走っても、頭はかくれても、腹から下がなかなかはいらない。外に半分ぐらいのこるんだ……子供は、しっぽをつかまえてひき出すし、鳶は、くちばしでつついて、腹に穴をあける……困ったもんだ。せめて半分ぐらい短くならないかと、ながいからだをうらんだこともあるが、じっさいものがながすぎるってことはめんど

うなものだ。その点、鼠くん。おまえさんらは小さくて、敏捷《びんしょう》にとびまわれていいね。どういうわけか、おれたちのからだはこんなふうにながくなるように生まれてきたから、だれもが気味わるがる。それにいまいったとおりさ。ずいぶん損をしてきた」

鼠はうなずいている様了です。へびはつづけます。

「かえるなんぞは、おれたちが音をさせずに歩く習性を知っていて、いかにもかえるをねらうために生まれてきたようににくむけど、そうではないんだよ。おれたちは、人間にも鼠にも、にわとりにも、かえるにも、だれからも、にくまれてきた。それで、ずいぶん遠慮《えんりょ》して生きてきたんだ。いいかい、おれたちは、おとなしくして歩こうと思うときだってあるんだ。そうじゃないか、人間の子供らは、おれたちをみつけると石を投げる、棒《ぼう》でなぐる。おれたちは、自己保護のために、音をさせない歩きぐせをおぼえねばならなかったんだ。それに、この背なかのもようだって……母親から入れ墨されて、生まれたときから、こんな柄《がら》をまいにち背おってきたわけだ。これだって、母親が人間の子供らが近よっても、美しいな、とながめてくれるために考えてやったことだが、そんな気持ちの子供はひとりもいなかったね。おとなにもめったにいなかった。寺のおしょうさんぐらいだ。いつか、おしょうさんは、檀家《だんか》の人らに説教していたが、おれはてんじょうにかくれてきいていたんだ。こんなことをいってたよ。世の中にはいろんないきものがいる。人間の顔つきがみなかわっているように、動物のかたちやからだつきもかわっている。中でもへびは、ずいぶんかわったヤツだ。あれは、生まれおちるとから、あんなにながくて、あんなしまの肌《はだ》をして、三角頭だ。眼《め》はそれでいて鳩《はと》のようにまるい、みるからに気味わるくできているが、しかし、へびの身になってかんがえてやると、ずいぶんとかわいいものだな。わたしは、いつか、へびがあの美しい背なかを朝陽《あさひ》にかがやかせて、おどってるのをみたことがあるが、なんともいえぬかわいい気がした、近づいていって、なでてやったよ。こっちが危害《きがい》さえくわえねば、へびだってわかるとみえて、じっと、わたしの顔をみあげて、〈こんにちは、おしょうさん……いい日和《ひより》ですね〉といったよ。人間も同じこと、人ににくまれ、きらわれて生きる人がいる。どんな人でも、こっちから、いい面をみつけてやるよう心がけて、やさしくよってゆけば、きっと、こっちの心がわかって、やさしくなるものだ。だが人間は、めぐみの心がなさすぎる。つくらなくてもよい敵をつくってしまうことが多いのだよってね。どうだ、鼠くん。おれたちは、きみたちとちがってこのおしょうさんのいったように、人間ににくまれて生きてきた。沼《ぬま》のかえるやら、いいこいやら、ふなやらは、放生会《ほうじょうえ》には、えさだってもらうのに、へびのおれたちは、人間からえさなどもらったことが一どもなかった。だから、生きるためには、一生懸命《いっしょうけんめい》になったんだ。わかるかい。この世の誰《だれ》がぼくらに、えさをまいてくれたことがあったか。それだから、苦労をして卵や鼠くんらをのみこんで、おまえたちにはのどにつまるようにみえても、じょうずにたべられるようになったのも、自己防禦《じこぼうぎょ》さ。こいやかえるたちのように、やわらかいえさがそこらじゅうにあれば、おれたちだって苦しいたべものはごめんだよ。わかるかい」

鼠はうなずいたようすです。ブンナは、へびはうまいことをいっているな、と思いました。

うそです。ぜったいに信じられません。どうして、へびが、この世に遠慮などして生きているでしょう。あの死んだまねして、かえるの仲間を近づかせて、油断したところをパクリとやった残忍《ざんにん》な行為《こうい》は、動物世界のだれだってにくみましょう。美しい肌のもようも、人間にみとれさせて、人間と仲よくしたいあらわれだと調子のいいことをいいましたが、そんなことはありません。

あの無気味な、巧緻《こうち》な入れ墨は、人間や鼠やかえるをすいつけおどかすものです。ああ、だれが、この世に、あのへびの背なかの柄を美しいとなでてみる者がありましょうや。あの柄が美しいとみんなからなでられるようになるためには、へび自身が心を入れかえねば、人もかえるも、鼠も寄ってゆきますまい。

ブンナの母はいったものです。

「ブンナよ。あまりによそおいをこらしている動物を信用するものではないよ。へびをみてごらん、鶏《にわとり》をみてごらん。みんなかえるの敵だよ。あれは、自分以外を敵にしているものの姿だ。ブンナよ。よろいをつけた人間を信用してはいけないよ。てっぽうをもった人間を信用してはいけないよ。信用できるのは、土がえるのように素朴《そぼく》な土いろをして、弱い仲間とうたをうたって生きる者ばかりだ。ごらん、土がえるは、どこに心のおごりがあるか……」

この母のことばは、トノサマがえるにうまれたブンナの肌と、土がえるの肌はちがっていたので、ブンナがそれをたずねたときの母のおしえでした。

ブンナは、土がえるとは友だちでしたけれど、自分の肌がみなよりすこしちがって青色で、黒いまだらがあることに、劣等感《れっとうかん》さえもっていたのでした。いま、このことが、へびの話をきいて思いだされ、ブンナは、土がえると肌がちがっていても、自分は土がえるのために見張り役をつとめて、つくしてきたことをほこりに思いました。

だから、いま、へびが、鼠にむかって、調子のよいことをいうのがにくかったのです。寺のおしょうさまは特別です。そうです。おしょうさまは、説教が得意です。説教は立派なものです。でもそれが立派すぎるので、人間はきくことはきいても、実行したことがありません。おしょうさまは、それで安心しています。みんな説教をきいて、だれもがおしょうさまのようになってしまったら、おしょうさまはくいはぐれてしまいますから。

いま、へびが、おしょうさまの説教をいつもてんじょうできいていたというのには、ブンナは思わず声をだして、わらいたい気がしました。ところで、へびは、また、鼠にむかってしゃべります。

「だがね、鼠くん、それにしても、おれたちは、悪いこともしてきたさ。いままで、おれたちは、生きるために、当然のことをしてきたと思っていたが、いま、つくづく、悪いことをずいぶんしてきたと思わずにはおれないね。寺の卵をぬすんだことだってそうだし、鼠くんたちをくったことだってそうだし、沼のかえるをかたっぱしからくったことだってそうだ。しかし、悪いことにはちがいないが、おれたちはどうしようもなかった。そうしなければ生きられなかった……いま、おれは、鳶《とび》にひどい目にあって、やがてヤツにくわれるとわかっているから、こんなことをいうんではない。じっさい、世の中は強いものが勝ちだな。鳶にはへびはどうしたって勝てない。あいつは、鼠くんやかえるたちが、おれたちをにくむように、おれたちにもにくまれてきた敵だ。おれは、もうすぐ、ヤツのねぐらへはこばれてえじきになるだろうが……かんがえてみれば、ゆきつくところへきてしまった気がする」

「だけど、へびさん、あんたは、まだ元気があるよ。わたしはだめだが。たぶん、鳶は、わたしを先につれてゆきますよ。そうしたら、あんたは、まだここに残っておれる。そのうちに、元気が回復したら、木をつたいおりるのはあさめしまえでしょう……あんたなら失敗せずににげられますよ」

キュキュキュとへびはわらいました。そして、

「そうかい、おまえさんが先にもってゆかれるかい……」

「それはそうですよ。わたしたちだって、かえるをたべるとき、死にかけているのは先にたべましたからね」

「それはそうだが、しかし、もう、こんな傷《きず》だ。おまえさんとにたりよったりだぜ」

「そんなことはないですよ。わたしは、一ど逃亡《とうぼう》に失敗しているし、鳶はそのことをおぼえていますからゆるさんだろうと思います」

へびはそれならかんがえがあるといわぬばかりに息を一つはいて、

「鼠くん、しかしこのからだでこんな高い木をつたいおりることは無理だぜ。けど、ここには土がある。穴を掘《ほ》って、土の中へもぐることはできるかもしれない。おまえさんたちの仲間では、もぐらだけが土の中で生きれるが、おれたちは、おふくろから、

冬は土の中ですごすようおしえられてきた。おれは、もうすこし元気が出たら、この土を掘ってもぐってみるつもりだ」

ブンナはぎょっとしました。美しいことをいったあとで、へびは、じつは、この椎《しい》の木のてっぺんの土のふかさを探知《たんち》していたのです。鼠のいったように、自分がのこされたときは、鳶のいないスキをみてかくれようとかんがえついたのです。

ああ、ブンナは、もし、ここへへびがはいってきたら絶体絶命だと思いました。

ブンナは、眼のまえに、急に暗い幕がおりた気がしました。

第八章　牛がえるとへびが母をじまんしあうこと

ブンナは、いままで、のんびりと、へびと鼠《ねずみ》の話すことをききながら穴《あな》にいたことを後悔《こうかい》しました。

どうして、こんなことに気づかなかったのか。なるほど、雀《すずめ》や百舌《もず》には、土に穴を掘《ほ》って、そこへもぐる習性はありませんが、鼠には多少はあります。だが、へびはその名人ではありませんか。

この世で、冬眠《とうみん》する動物といえば、まっさきにかえるとへびであったことを、ブンナはうかつにもわすれ、へびが頭の上にどさりと投げこまれたとき、すでに強敵があらわれたことを察知せねばならなかったのに、のんきにそのへびが鼠にむかって調子のいいことをいってるのをきいていたのです。いま、へびが、もし鳶《とび》が鼠を先にもっていったら、にげることをかんがえねばならないといい、それには、木からおりてゆくことよりも、この土を掘ってもぐりこんだほうがよいといったのです。ブンナは、ぎょっとせずにおられません。

たぶん、へびはそうするでしょう。すると、当然、せまい土の中のことですし、ブンナがひそんでいるこの土のまん中の、恰好《かっこう》な穴などは、さしずめ、へびがかま首をやすめるのに好都合のところです。さきにも、へびがいっていたように、からだがながいのですから、うずまき状にそのからだをまるくかさねるためには、相当の場所が必要です。しかし、それだってへびにはできそうです。

ブンナは、この土の中を、もぐらのように走りまわってもいないので、寸法《すんぽう》ははっきりわかりませんが、たいした広場と思われた椎《しい》の木の穴の直径は、おそらく、へびの大きさを想像して、二つおりにすれば、かくれてしまうほどの大きさに思えました。そう思うと、へびが元気を回復して、あのとがった頭で、ねちねちと穴を掘れば、身をかくす時間はおそらく十分間はかかりますまい。

ブンナは、へびが入ってくる光景を眼《め》にうかべ、慄然《りつぜん》としました。ああ、そのときの用意をしなければ。しかし、どうしてよいかわかりません。まず、ブンナがかんがえたことは、にげることでした。にげるにしても、土の中をぐるぐるまわることで精《せい》一杯《いっぱい》です。そのまわるところをどこにすればよいか。なにしろまるい円筒《えんとう》のような土の中の中央にいるわけですし、へびがいったいどこのあたりを掘ってくるかわからないのですから。早目ににげたところが、そのへびの入り口になるかもわからない。

ああ、ブンナは、もう大にむかって号泣《ごうきゅう》し、だれか名案をおしえてくれる者がないかといのりたい気持ちになりました。

と、へびの声がします。

「鼠くんよ、もっとも、おれは、ここにもぐるのは最後のかんがえだが、できることなら……木をおりたい気はする、というのは、ここにもぐりこんでも、ひょっとしたら、鳶のヤツがみつけるかもしれないからだ。あいつのつめは小刀のようだし、この穴の土なんぞぜんぶ掘り出してしまうことだってできるからな」

「しかし、ここはだいぶふかいですよ」

と鼠はいいました。

「ふかくったって、鳶は大事なえさがにげたと思えばやる。おれだって、むかしは、よく冬眠中に、鼻さきにさわったかえるはいくらもくったからね」

「そうでしょうか。すると、やっぱり、木をおりたほうが……。あなたなら、木をつたいおりることはできますよ。ぼくは失敗しましたが……」

「きみは月夜を利用したといったね」

「はい、わたしは、もうこのとおり眼はかすんでいるんで、月が出ても、かすかにしかみえなかったんです。それでうっかりしていました。みみずくがおしえてくれるまでは」

「みみずくがおしえてくれたのかね」

「あの鳥はだれにもしんせつです。お天気までおしえてくれますよ」

「そうかい、それじゃ、みみずくがないて月が出たら、おれもためしてみてもよい。しかし、どうかな、このとおり口がさけちまっているし、背なかにも腹にも穴があいてるんだ。うろこ足がのろまになっちゃってる……しっかり木の肌《はだ》にくいつけるかどうかわからないが……」

へびはかんがえながら、しっぽをばたんばたんとふってみせているようすです。そのたびに、地震《じしん》のように、土ぜんたいがゆれます。

「成功をいのりますよ……へびさん」

鼠はうらやましそうに、またこびるようにいうと、苦しそうな声で、

「ああ、それにしても、鳶のヤツは、わしをこんなにもてあそびものにして、いつまで放《ほう》っておくのかなァ」

といいました。するとへびが、

「少しでも、時間をくれているほうがいいではないか、鼠くん」

「いまさら、時間をもらったって、わたしは、もうどうしようもないですよ……このとおり歩くこともできないし、物をいうのがやっとですから」

ブンナには、鼠が相当によわっていることがわかりました。へびは、その鼠のよわ

っているすがたをみながら、心の中ではよだれをたらしているにちがいありません。

しかし、へびのいっていることが事実なら、口がさけて、のどにも傷《きず》を負っている。それではたべるわけにゆかない。鼠は、さきほどから、へびのその事情もわかって安心しているのです。だがこれも時間がたって、へびに元気が出てきたら、口の傷はなおるかもしれません。

ブンナは、へびがこの土にもぐるためにいくらかでも元気をつけようと、えさが必要になったら、鼠はやっぱりくわれてしまうかもしれない、と思いました。そうして、鼠はかわいそうではあるけれど、もううごけないなら、鳶にくわれようが、眼のまえのへびにくわれようがおなじことではないかという気もして、なおさら、鼠がかわいそうでしかたがありません。しかし、なんといってもブンナは、鼠がへびにくわれることだけはいやでした。それは、鼠をくうことでへびに元気がつくからです。

うろこ足がきかないとあれば、へびはきっと、木をおりるのを断念して、ここへはいりこんでくるでしょう。そして、その作業は月の出た夜にきまっています。ああ、どうか、月よ出ないでくれ、鳶よ、早くきて、このおそろしいへびのほうを早く、ねぐらへもちさっておくれ……。

虫のよいことでしたが、ブンナは、いま、天にむかって手をあわせて、そういのった。だが、いくら神にいのってみても、鳶はへびよりも鼠の方をもちさるだろうと思われました。これは、百舌もいったことですが、ブンナなども、母からよくいわれました。二つのえさがある場合、早くくさるほうからたべなさい、と。鼠はもう死にかけています。鳶は、一ど脱走《だっそう》した鼠のことですから、鼠のいったようににくんでいるかもしれない。そうすると、先に鼠がもってゆかれて、へびがのこされましょう。

　ブンナは、もしへびが一ぴきだけ上の上にねた場合のすがたを想像すると身ぶるいがしました。いったいに、へびの耳はどんなささいな音にも敏感《びんかん》です。へびがこわいのは、遠くから、かえるの息する音をききわけるからでした。しずかな夜、ブンナのね息がへびの耳にきこえないとは、だれが保証できましょう。昼は、寺のほうからそうぞうしい宅地造成の音がするので、まぎれますが、夜にはこのあたりはコトリとも音がしないのですから。

　ああ、ブンナは、鳶が予定をかえて、なにはともあれ、へびのほうからもちさってくれることを神にいのりました。へびとふたりきりで、三十センチに足りない土をへだてて、じっと息を殺しあっている時間を思うと、気がくるいそうです。

　鼠はどうしたのか、だまりこくって、じっとしています。へびは、しゃべるだけしゃべって、すこしつかれたようすです。しかし、しっぽだけはときにぶるんぶるんとふっています。それはたぶん力だめしにちがいありません。そのたびに、丸い穴のへりがうごきます。ひょっとしたら、へびは、鼠がだんだん弱まってにげるのをよいことに、あとからきた者であるにかかわらず、へりを占領《せんりょう》して、おけの内側にタガをはめたように、ぺったりくっつき、なるべく、鼠を中央にひき出しておいて、鳶がもってゆきやすいようにしているのではないでしょうか。

ブンナはへびのことだから、とうぜん、それぐらいのことはやるだろうと思いました。鼠はなぜか、しゃべりません。すうッ、すうッといやな音がして、しきりと地めんがゆらぎます。鼠は、へびの頭からなるべくはなれたいでしょう。すると、もう、へびは輪になってへりにくっつき、鼠は、広場の中へはじき出されているのでしょうか。

ああ、かわいそうな鼠。ブンナは、へびの狡猾《こうかつ》さがわかるいっぽうで、死にかかっている鼠にいまひといき生きたいと願う心のあるのがわかるだけに、あわれであわれで、しかたありませんでした。

と、ブンナが、頭の上へ神経をあつめているときです。また大風の音がしました。ああ鳶がきたな、とブンナは思いました。やはり、とつぜん、羽ばたきが近くでして、ウオーというきみょうな泣き声がしたかと思うと、頭の上へもちみたいなものが落ちてきた。

いや、それはもちではなくて、やわらかい、ぐにゃっとしたものでした。ブンナは、それがなんであるかわからなかったし、へびと鼠が急に、おしだまってそれをにらんでいるらしいので無気味でした。ブンナも緊張《きんちょう》しましたが、やがて、鳶はさったようすです。と、すぐウオーッと泣き声がし、それにこたえてへびがキュッとするどい声をだしました。ウオーッという声はどうやら牛がえるではないか、とブンナは思いましたが、まさか、あの沼《ぬま》の暗いところにすくんで、かえるの中でも、ひきがえると図《ず》体《たい》をあらそうぐらいの大がえるが、鳶にさらわれてこようとはかんがえられません。

「おまえさんたちは……どうしただね」

まぎれもなく牛がえるだとわかりました。ブンナはびっくりしました。

「おまえこそどうした」

へびは威厳《いげん》のこもった声で、身がまえたようすです。

「わたしも、へびさんも……」

鼠がかなしげな声でいいました。

「鳶にさらわれてきたんだよ、このとおり、わたしたちは、ひどい傷だ」

「そうかい、すると、ここは鳶のえさをためるところかい……ちくしょう……ひでェところへもちあげられたもんだ」

牛がえるはなげやりな調子で、ウオウオとまたなげき声をだして、

「おれも、やられたんだよ。鳶の野郎はこのところ、冬ごしのえさあつめに走りまわってやがる。そいつは、わかっていたんだが、まさか、おれさまにくちばしをむけていどみかかってくるとは思ってなかった。うっかり、陽《ひ》なたぼっこしとるところをね、みろよ。このザマだな。背なかをひとつきやられて、失神したところを、足ではさまれてもちあげられてさ、三十メートルも上からたたき落とされてみなよ。はらわたがでやしないかと思うほどけつを打って、うしろ足がまがったままうごかねえ。そうしているうちに、またやってきやがって、ばかげたこった、こんなところへはこばれてきたってわけだ」

「おれとおなじだよ。おまえさんだけじゃない、おれは三べんも落とされたんだ。おかげで……口はさけるし、腹《はら》の中の臓物がちぎれるしよ……」

とへびが同調するようにいうと、

「しかし、おまえさんは、まだ元気そうだな、つらはいつもとかわらないぜ」

とうらやましそうに牛がえるがいいました。

ブンナは、きいていて、牛がえるが、陽なたぼっこしていたのは、たぶん、あの沼

の岩の下だろうと思いました。あえば顔も知っているかえる族ですが、牛がえるとひきがえるだけは、土がえるやトノサマがえるのきらわれ者で、仲間はずれです。

当然でした。牛がえるはかえるの了をみるとのべつまくなしにくってしまいますし、腕力《わんりょく》はつよいし、その肌《はだ》はなんともいえぬ青ぐろいはんてんがあって、なんといってもあのつらがまえがにくたらしい。ウオーウオーッという牛そっくりのなき声も、ブンナはいやでした。しかし、牛がえるは、なんといっても鈍重《どんじゅう》なので、追いかけてきても、さっさととんでしまえばにげられた。

よくブンナは岸の上にあがっていて、小便をひっかけてやったことがありますが、牛がえるは、なにをかぶったって知らぬ顔でした。うすのろのおやじと土がえるたちはいってましたが、たしかに、土がえるたちにさえばかにされる一面がありました。しかし、本当はうすのろだったかどうか。みくびって近よってゆくと、大きな口から、ねばついたかんぴょうみたいなながい舌を出して、小さい仲間をまきつけて、ぺろっとくってしまいます。その早さといったらありません。うすのろなどであるものか。

母はいいました。

「ブンナよ。牛がえるとひきがえるは、石のようにうごかないようにみえるけど、そうではないんだよ。大きな胃袋《いぶくろ》にえさがいっぱいたまるので、ああして、じっとしているんだから。近づいたらたべられるよ。石のようにじっとしているのは、じぶんでうごくとおなかがそれだけすくからで、えさのほうがとびこんでくるのを気ながにまっているんだよ。わかったかい、沼であそんでいても、岩だか、牛がえるだかわからないようなものに出あうときがあるね。そんなときは、まず牛がえるだと思ってまちがいはない。いいかい、すこしはなれて通るのだよ。くっつきすぎたら、たべられるからね」

母は、少しはなれていることとは、へびがきたときの用心にもいい、とおしえました。なぜなら、牛がえるは図体が大きいので、大きな青大将ならともかく、ふつうのへびぐらいはたべてしまうのです。それでへびのほうがにげてゆきます。ブンナは、そんな図体のうすのろかえるが、いま、この椎《しい》の木のてっぺんにきたと知ってあきれました。鳶《とび》は沼のふきんをあらしまわっているのでしょう、もう土がえるたちは、冬眠《とうみん》の用意をはじめたでしょうし、ちょうやこんちゅうもとっくにいないのでしょう。鳶はあせって、かえるさがしに懸命なのでしょう。それにしても、大きな牛がえるがさらわれてきたなんて、すこしこっけいです。しかも、いま頭の上には、瀕死《ひんし》だとはいっているがまだいくらか元気のありそうな鼠《ねずみ》と、傷がすこしいえはじめているへびがいるのです。牛がえるは、そこへ投げこまれて、えさがふたつあるのでどきっとした

はずです。だが、

「それでなにかい、おまえさんたちは、いつからここにいるのかい」

牛がえるはききます。へびがこたえます。

「おれはゆうべだが、鼠はずうっとまえからいるんだ。かわいそうに、一どここからにげたのだが、またみつかってつれてこられたといってるよ。しかし、おまえさんのような体重があるかえるを鳶もえらいことをやるな」

「体重はおまえさんのほうがあるだろう。おれよりも、おまえさんはながいし、その図体をもちあげるなんて、あいつは、よほどがっついている」

牛がえるが、へびの図体をはかるようにじろっとみて、自分のほうが軽いということを強調するのも、やはり鈍重なかんじです。ブンナは、へびが、牛がえるの登場で、急にことばつきもかわってきたのがわかりました。みょうにいばりはじめたのは、から元気でしょうか。いやどうやら元気をとりもどしてきたようすにも思えます。

へびが元気をとりもどすのはおそろしいことですが、しかし、ここへ牛がえるのきたことは、ブンナにとって、すくいでした。へびは牛がえるに、おそれを感じています。おそれをもてばそうそうわがままはできません。鈍重なかえるですけれど、牛がえるは、いまここにいるへびだって時間をかければたべられないことはない。それに、うしろ足をいためているというだけなら、口はしっかりしているにちがいない。へびにとっても、鼠にとっても、気味わるいことでしょう。とりわけ鼠は、へびを信用できない気持ちがあるところへむけて、怪力《かいりき》をもった牛がえるがふえたのです。だまっているのはもう一つ強敵がきたのでふるえているのでしょう。と、そこへ、あぶでもとんできたのでしょうか。牛がえるはながい舌をだして、ぺろっとやったようすです。

「元気があるじゃないか。おまえさん、うまくつかまえるね。しかし、いま、そうして虫をくったって、寿命《じゅみょう》は寿命だぜ、あしたになれば、鳶のねぐらゆきかもしれないぜ」

牛がえるは、へびにそういわれてちょっと、黙《だま》っていましたが、

「おまえさんのいうとおりだ。けど、わしはなにも生きのびたいと思うて、あぶをくったんじゃないよ。頭の上にうるさく、飛んできたからくったまでだよ、これは、わしらのもち前のくせだ……」

牛がえるは、そういうと、

「鳶のねぐらは、どこにあるのかね」

とききました。

「さあ、知らない。たぶん、宮の森のくすのきの穴《あな》じゃないか。あそこにいつもむら

がっていたから……」

と鼠がいいました。

「ちくしょう……いたいな……」

牛がえるは打撲《だぼく》のあとを手でさすっているらしく、地ゆるぎがまたしました。

「まあ、しかたがねえ。こんなところへつれてこられれば、にげ口はないしさ。おれも死ぬときがきたと観念しよう。しかし、おまえさんらが先にきているとけ、知らなかったな」

「観念してるって。おまえさんは、まだ元気だし、努力すればにげられるじゃないか。思いきって、ここからとびおりればいいよ」

「とびおりたってダメだ。どうせ、おれたちは、また人間につかまる運命なんだ。もっともけがをしていなければなんとかたすかる道をかんがえたいところだが……。人間てヤツは、冬近くまでおいらをほうっておいて、冬ごもりのために、ぷっくりふくれたところを殺すんだ。知ってるかい、おれたちは食用がえるとして人間にかわれているんだから、大きくなると殺されて、カンヅメにされて、売られていくんだ……」

ブンナは、毎年秋末になると不思議と牛がえるの数がへるのはそのためか、と真相がわかってびっくりしました。人間もかえるをたべる。これは初耳です。

「だからさ、おれは、どっちみち冬がくれば死ななければならないんだ。おまえさんたちとちがって、いのちにはそうみれんはないんだ」

ブンナはたしかに、牛がえるはどこやら胆《きも》がすわっているな、と思いました。

と、へびがいいました。

「すると、おまえさんたちは、なにかい、人間に養殖《ようしょく》されて、沼へはなたれた仲間かい」

「さあ、それは知らないな。とにかく、生まれたときは、おおぜいの連中といっしょだったし、気がついたら沼にいたよ。水の中でずいぶんながく育った記憶《きおく》はあるが、あれが人間のつくった水槽《すいそう》だったか、沼だったか、よくわからないんだ」

「おとうさん、おかあさんの思い出はあるかい」

「それが、あまりないんだよなァ」

と牛がえるはいってから、

「しかし、子供のときに、おふくろから、えさをとる法をならったのは、うっすらおぼえてるよ。おれのおふくろはくもとりの名人だった」

キュキュキュキュッとへびがこのときわらいました。腹をよじってわらったようです。

が、すぐに牛がえるをからかう口調で、

「おまえさんは、地べたにいて石のようにうごかないくせに、どうして、高いところのくもがとれるんだ」

「とれるさ、おふくろはえらかったよ。こうなんだ」

牛がえるは得意になって話しはじめました。

「くもってヤツは、電線だとか、木の枝《えだ》だとか、家ののきに巣《す》をはるだろう。これはそこの鼠くんだって知っているね。しかし、ヤツが地べたへおりることだって一日に一どはあるんだよ」

「へえ」

と鼠がこのとき、感心したつぶやきをもらしました。ブンナも思わず、穴の中で耳が立ちました。

「夕方になると、くもは巣を張る。一日のうちに、ちょうやらこんちゅうやら、ひっかかったものを、糸でくるくるまいて、そいつの血をすすって腹をふくらませてはいるが、夕方までには巣はやぶれてしまうね。だから、ヤツは夜までに、すっかり張りかえちまわねばならない。このときがチャンスなんだ。いちばんうまいのは、女郎《じょろう》ぐもだが、こいつは、めったに同じところに巣はかけない。夕方がくると、古い巣におって、尻《しり》からながい糸を風にふかして、先がどこかの電線か木の枝にひっつくのを待って、そいつがしっかりくっついたところを見はからってどんどんつたって、新しい場所へゆく。その時に、尻からもう一本糸をだしてゆくから、先へついたときは二本のつよい糸になってるわけさ。くもはそれを張りおえると、こんどはつなわたりみたいにその糸をわたってきてさ。途中《とちゅう》から空中サーカスみたいに糸をだしながらからだを落としてくるんだ。どこかいいところにつき当たらないか、と落ちてくる。風がふくと、ふわっとゆれてうごくさ。途中に木もなにもない場合は、地べたにきて、ぴょこんと背なかを一つ打ってから、こんどは糸を口でたぐりよせながら、あがってゆくね。あのときさ。おいらがパックリやるときは……おふくろは、くもの巣をみたら、下でじっとしてなさい。石のようにうごかないでおれとおしえたよ。くもがおりてこなけりゃ、くもが血をすったあとのハチやらトンボやらのガラが落ちてくるしね。えさにこと欠くことはないとね……」

ブンナは、牛がえるのいうくもとりについては、かえる仲間ではめずらしくないことだと思いました。そんな収穫法《しゅうかくほう》はブンナも母からおそわっていましたし、また、ブンナは牛がえるのように鈍重でありませんから、木へあがって、巣を張っているくもが、枝へもどったときをじかにパクリとやった経験があります。雨がえるなんかは、それはじょうずでした。しかし、いま、へびはひどく感心したようすで、

「なるほど、おまえさんの母親はえらいなァ……」

といいましたが、そんなじまん話にまけてなるものかと思ったらしくて、

「しかし、おふくろのえらいのは、おれのおふくろだって」

といいはじめました。

「おれたちが生まれたときは、おまえさんらとちがって、ぬるぬるしたもんなんかじゃなかったんだよ。ちゃんとしたにわとりの卵みたいな、固いからのある卵でね。おふくろはそうさな、だいたい七つか八つぐらいおれたち兄弟をうんで、それを、しめった草かげの地めんにならべていっちまうんだよ。おれたちは、まだその卵の中にいるわけだが、もうそのころは、そうだな、こいつの（と鼠をあごでしゃくったようす）足ぐらいの大きさでさ。丸い卵の中でうずをまいてるわけだが、卵の中の栄養をとっちまうころには、自分に力ができて卵を割るのさ。知らないだろうが、おれたちの頭には、うまれたときに、カンヌキみたいな刃《は》がついてるんだよ。そいつで、からをつつくと卵は割れる……卵が割れたらはじめて、この世界へ出れるってわけだよ。これはおふくろにおしえてもらったわけじゃない。どういうのかな。まあ、いってみればへびの知恵《ちえ》さ……」

鼠が感歎《かんたん》の声をだすのと、牛がえるが、ウオーッと感心するのが同時で、ブンナも

穴の中でごくりとつばをのみました。

「ところがさ、おれたちのおふくろは、卵を自分で割って出たおれたちに見むきもしない。ただね、おれたちが出てくるのをみて、こういうんだ。いいかい、おまえたち、この世で生きるってことは、だれからもにくまれて生きることなんだから……あたしが胎教《たいきょう》でおしえたことを思いだして……用心に用心をかさねて、しずかに音をさせないようにひとりで生きてゆくんだよ。親や兄弟つれだっていたら、人目につくから、と。おれたちは、おふくろの腹の中で、もう勉強してきていたのさ。だから、世の中へ出てからめったにおふくろにはあわない。土がえるや人間の子供のように過保護なんてもんじゃないんだよ。おれたちは、おふくろの顔はおぼえてはいるが、一どだっておふくろにだかれてねたことはないぜ……人はおれたちのことを、冷血動物だっていうが……じつはおれたちは、血だってあるんだよ。ぬくもりだってあるよ。けど、そいつを、おれたちはおれたち自身でだいているだけさ。おふくろがわすれていったぬくもりをな」

へびはそういうと、ますます興奮したのか、急に、キュェキュェと泣くような声になり、

「牛がえるくん。どうも変なはなしになっちまったね、おまえさんのじまん話をきい

てたら、つい、おれもおふくろのことを思いだしたんだ。いうことはつめたかったけど、じつは、あたたかいおふくろだった」

ブンナはいま、へびが、本当にまじめなことをいった気がして、へびへのかんがえをあらためました。あの冷血だと思ってきたへびに、あたたかい血があった。そういえばへびが、いつか、人間の子供たちに、いしがきの穴からひっぱり出されて、ひもにくくられて、道をひきずられてゆくのをみたことがありましたが、炎天《えんてん》の下で、口から、糸のような赤い血をはいていました。

ああ、あのとき、へびは腹《はら》をあおむけにされてひかれていた。ブンナは、いま、へびがあたたかい血をみせるのは、あのようなときだったか、と思ったのです。

牛がえるもたぶん、似たような気がしたにちがいありません。口をはさまないでだまっているのは、同感のしるしではないでしょうか。と、このとき、鼠がいいました。

「みんな、いいおかあさんをもってしあわせだな。だけどおいらは」

と鼠は力なく、不満そうにいいました。

「おふくろはいたけどさ、なにせ人間が鼠算というぐらいぎょうさんの兄弟だったから、ろくに勉強もおしえてくれなかったよ。人間の鼠とりは毎年毎年形がかわって、おれたち仲間はだまされて死んでゆくしね。それに、ねこいらずなんていうのができて、パンやもちにまぶされてあるのを、知らずにくって死んでったよ。おふくろは、なにもそんなこわい仕掛《しか》けについてはおしえてくれなかったからだ。だいいち、ねこにだってさ。すずをつけてくれたおふくろはいなかったからね」

ブンナは鼠がへびと牛がえるに歩調をあわせるのに興味をおぼえました。牛がえるがきてから、最初はにらみあったり、腹をさぐったりする険悪《けんあく》だった空気がいつのまにかほぐれて、などやかになってくるのは、不思議なことでした。

鼠もへびも、牛がえるも、やがては鳶のねぐらへはこばれる運命だというのに、三びきが三様の思い出話の中に、それぞれ母のことをいうのが物悲しいような、美しいような気がして、ブンナは、ふかい感慨《かんがい》をおぼえました。そうです。ブンナだって、こうして、穴にもぐっていて、頭をかすめるのは、小さいころ、春さきに死んだ父と、七月のはじめ、へびにくわれて泣いていた母のことです。

生きものは、みな孤独《こどく》なときに、母のことを思うものなのでしょうか。鼠や牛がえるは当然としても、ふだんほとんど血をみせないへびさえも。椎《しい》の木のてっぺんの、つかのまの陽《ひ》だまりで、母のことを話します。

ところが、これは、ブンナのあまい感傷《かんしょう》だったことがやがてわかります。というのは、三びきともが、あんなになごやかに話していたのに、急にどっちからともなくだまってしまって、土の上には、三びきのにらみあう緊迫《きんぱく》した空気が感じられはじめたからです。

ブンナは、おや、と思いました。無気味な静けさでした。何かが起きるときのあのおそろしい予感でした。やっぱり、美しいことをしゃべっていても、鼠は鼠で、へびはへびで、牛がえるは牛がえるで、相手にしゃべらせて、たがいのからだの弱りかげんをうかがっていたにちがいありません。鼠はまあ傷はいちばんふかいようだし、いちばん弱い立場ですが、へびは牛がえるの登場で、から元気を張らねばならないのでした。もし、弱っていることに気づかれたら、牛がえるはくいついてゆき、時間をかけてたべてしまうでしょう。

と、案のじょう、頭上がぐらっとゆらいでどたッばたッと音がしはじめました。ウオッと牛がえるのおこった声がします。いや、それと同時に鼠がするどく泣きました。へびが鼠にとびかかったのでしょうか。ブンナの耳に、これまでにない鼠の悲鳴がきこえたときは、もうブンナは眼《め》をつぶってしまいました。アッと思わず声が出ました。

「ウオーッ」

と牛がえるがなきました。それは鼠がうめくのと同時で、へりが大きくゆらぎ、ばたん、ばたん、とのた打つへびの尾《お》が、地めんをゆさぶるのです。と、へびも、キュヱキュヱと、これまでにない泣き声をだし、土の上を牛がえるのほえる声と、へびと鼠の泣き声とが三《み》つ巴《どもえ》になりました。

「きさまッ、ずるいヤツだ。……承知しないぞォ」

牛がえるが大きくさけんで、鈍重《どんじゅう》なからだをへりにつき当たらせ、へびのしっぽにくいついたらしいようです。泣いたへびの口もとから、くわえられていた鼠がとび出たとみえて、

「やめてよッ、やめてくださいよッ」

とさけんでいる。このとき、椎の木は大きくゆさぶられて、とつぜんざざッと音がしました。その音はなにか矢《や》のようにつきささる音でした。と、ブンナの穴の天井がしめってきます。はげしい雨です。しかし、このにわか雨の中であらそいはつづけられているようですが、地めんがしめってきて、もんどり打っていたからみあいも、雨にうちたたかれて急にしずかになって、ふりつける豪雨《ごうう》だけがわかりました。

「おれは……おまえさえ、鼠を放してやれば、わるいことはしねえッ」

牛がえるが、ぼそりとつぶやいて息をはァはァはきました。ふてくされたらしいへびが、ひとこともいわずに、じっと牛がえるをにらんでいるようです。

ああ、なんとあさましいへびでしょう。ブンナは、へびが牛がえるに虚勢《きょせい》をはるた

めに、鼠をたべようとした残忍《ざんにん》さをにくみました。それにしても、牛がえるはなんとつよいのでしょう。元気づいたへびをだまらせ、にらみすえているけはいです。鼠はかわいそうにどこをかみつかれたか、痛々しげにふるえています。その三びきのにらみあいに、はげしい冷たい雨が降りそそぐのでした。ブンナはほっとしました。と同時に、へびも、牛がえるも、スキあれば相手をくいころしたいという、本来の獰猛《どうもう》な心を捨てることはできないのだなと思いました。美しいことをいっていても、決して信用するものではない、といった母のことばが、いま、ひしひしとブンナの胸をうちます。

それにしても、なんとありがたい雨だったでしょう。おたがいに傷《きず》つけあった三びきのならず者が、血の出た傷口を、大罰《てんばつ》の雨にたたかれて困《こま》っているのはこっけいでした。ブンナは、恵《めぐ》みの雨だと、天にむかって合掌《がっしょう》したい気がしました。

第九章　つぐみのうたったうたをもう一ど

雨はいつまでもふりつづけて、頭の上の三びきの鼠《ねずみ》とへびと牛がえるのからだがこごえるまでやまないようすでした。ブンナは、あまりの冷気に自分もこごえそうなので、手足をまるくこごめて、じっとひそんでいるしかありません。そのうちに夜がきたのでした。ブンナは、すこし小降りになったときでも、いつもなくはずのみみずくがなかないのにほっとしました。

月夜がきたら、へびは、牛がえるも鼠もほうっておいて地中へもぐりこんできましょう。牛がえるだってどうするかわかりません。ありがたいことにいつまでも、みみずくはなかず、ふたたびひどい風がふきあれました。いや、風ばかりでなく、また大雨になったようです。そのため、頭の上にたまった雨水がはげしく地めんにしみこんできて、ブンナの穴《あな》も水びたしになりました。のどがかわいていたブンナには、雨はありがたくはありましたが、冷えのすごさにはまいりました。

ブンナはとりあえず穴にたまる水をのみました。さらに風がつよくなって冷えがつよまりました。土の中でさえずぶぬれになるのだから、上にいる鼠やへびや牛がえるはいっそうこごえていることでしょう。夜になると外はまっくらな上に、風雨がこうひどくては、傷《きず》ついた三びきの仲間は、じっと穴のへりにしがみついているにちがいありません。ときどき、ウオーッとか、キュェキュェとか、チュッチュッという悲鳴に似た声はしましたが、三びきとも傷が雨にぬれていたむのでしょう。ブンナは、自分ひとりが穴に安楽にねていられるのをありがたいと思いました。

朝がたになって雨も風もやみましたが、ぽかぽかと木があたたまりはじめたころに、ブンナはうかつなことに、ねいってしまっていて、いつこの頭上から牛がえるだけが消えたのか知らなかったのです。鳶《とび》がきてさらっていったものか、それとも、雨の中を牛がえる自身が木をつたっておりていったのか。あるいはとびおりたのか。とにかく、眼《め》をさましたときには鈍重《どんじゅう》な牛がえるの呼吸と重さが感じられなくて、鼠とへびだけになっていたのです。

ブンナは、牛がえるのゆくえに関心をもちましたが、しかし、なによりも、天気がくれば、鳶の眼をぬすんでへびは地中へもぐりこんでくるので、新しい恐怖《きょうふ》におびえねばなりませんでした。鼠が力のない声でなにかいったようでした。へびの声もきこえます。

「ばかなヤツだったな。どうせ、カンヅメになる身だからといっておきながらよ。おいらにくいついたあとで、ヤツは雨の中をとびおりていったんだ、このぶんじゃ、あいつがかんがえたとおり、木の下に雨水がたまっているかどうかわからない。地めんはいくらかやわらかいだろうが……場所をまちがえて庭石の上にでも落ちてみろよ……ヤツは即死《そくし》だぜ」

鼠はだまって、こたえません。

「そうだったな、おまえさんがヤツにおりることをすすめたんだったっけ。うれしかったよ」

鼠は、へびににらまれて、だまっています。またおそわれる気がするのでしょう。消えいりそうな声でいいます。

「わたしの失敗をきいて、自分もやってみる気がしたんですよ、きっと。でも、牛がえるさんがいつとびおりたか、雨の中だったので、わたしは気がつかなかったのです」

「いまにみておれ、ヤツはまた、つかまって、おまえさんみたいに、ひどい手傷をうけて投げこまれてくるから」

「あれだけふとっていますから、落ちても、打ちどころさえよければ、だいじょうぶですよ」

と鼠はいいましたが、もうへびには話したくないようすでした。

「そうかなァ」

へびはうらやましいとも、あわれみとも、いい気味だとも、とれる吐息《どいき》をひとつついて、このときなぜかキュェキュェと泣いたのです。

その泣き声は、ゆうべ牛がえるにくいつかれた尾《お》の傷に、雨があたってしみたところのいたさに耐《た》えているのではなくて、奇妙《きみょう》なよろこびの出た声なのでした。と、へびは鼠にいいます。

「おれが、おまえさんにくいついたのは、本心からじゃなかったんだ。ちょいとあんな真似《まね》をして、牛がえるをおどかしてみたかったんだ。ところが、あいつは、急にとびかかってきた……おれの腹《はら》の中も知らずにね、あいつは野蛮《やばん》なヤツだ」

「でもね……へびさん、ぼくはいたかったよ。本気で、足にくいつくんだもん」

鼠はこびるようにいいました。すると、へびは、うす笑いを一つして、

「わるかった、わるかった……おれは本心からくいついたんじゃない……しかし、正直のところ、うまそうなおまえさんの足がのどにはいりかけたときは、どきっとしたね。本当にたべたくなったよ。あいつが尾っぽにかじりつかねば、本当にたべていたかもしれない……まあ、すんだことだから、ゆるしてくれよ。おれは、ゆうべかんがえたんだ。なにも、おまえさんをくう必要はなかった。おまえさんをくってしまえば、

牛がえるがいなくなったいま、おれだけになってしまう。そうすれば鳶は、おれをもってゆくだろう。先にもってゆかれるはずのおまえさんはおれの腹の中にいるんだからな。つまり、おまえさんをくってもおんなじことだ……鳶に協力しておまえとおれをいっしょにはこばせることになる。それより、おれは、ぼちぼち鳶がここへきそうなら、かんがえていたことを実行せねばならない」

「穴を掘《ほ》って……もぐることですか」

「そのとおりだ」

「今日は雨で地めんは昨日よりやわらかくなっているから掘るのはラクでしょうよ」

ブンナは、鼠がふるえながらよけいなことをいうと思いました。

「そのとおりだ。おれは、ひとつ、これからやってみるよ。もし、おれが成功して、ここにもぐりこめたら、さようならだな。きみが鳶にもってゆかれるのを、おれは地めんの下からきいているよ」

なんという会話だったでしょう。ブンナはもう、息をつめてきいていましたが、へびがやってくるかと思うと、泣きさけびたくなりました。といって、泣いていてはどうにもならない。最後までにげねばならなかった。いざとなれば、かんがえてきたように、それはたいそう危険なことでしょうけれど、自分のほうが地上に出よう。もし鼠がかえるだとあまくみてとびかかってきたら、跳躍《ちょうやく》のわざをはたらかせて、へりをとびこえ、木をつたってにげることだと観念していました。もうそれしか、たすかる道はないでしょう。そう思っていると、また、急に頭の上に、がさッと音がして、ブンナの穴のてんじょうの土の右手が少し圧迫《あっぱく》され、心なしななめに落ちこんできました。へびは、カンヌキのかわりをする三角頭を、地めんにキリのようにつけて、穴を掘りはじめているにちがいありません。そうして、業欲《ごうよく》なことに、少しでも掘れたなら、そのぶんだけ頭ごとからだを押《お》しこんできているはずですから、その圧迫で、ブンナの孤室《こしつ》がちぢまってくるのは、せまい椎《しい》の穴だけに当然のことなのです。ブンナは息をつめて、てんじょうの音の方向をはかっていました。近づいてくれば、へびの鼻の先を計算しながら、左から徐々《じょじょ》に下へ、いちばん奥底までいって、まだへびが入ってくるようなら方針をかえてへりをつたって地上へ、なるべくまわり道しながらはい出よう、もしへびが自分に気づかず、へりをつたって穴の底のほうへいってしまったまま、タガをはめたようにおさまってくれるなら、自分はその上の地めんすれすれのあたりに、小さく穴を掘ってちぢこまっていよう、と思案しました。そうしてときをかせいで、夜がきて、みみずくが、月の出をおしえてくれたら、それこそ一目散ににげることです。

ブンナは、だんだん近づいてくるへびの三角頭と、あのいやらしい冷たい眼を想像すると、もう、子供のころからの習性で全身の力がぬけ、そこにへなへなとへたってしまいそうな気持ちとたたかいました。へびがきらいなくせに、そのへびが近づくと、からだがまるで宙《ちゅう》にうき、へびの口へすいこまれそうになる――こんなかなしい習性をつけたかえるの身がかなしい。いけない、いけない、ブンナは、近づいてくるへびのけはいを尻目《しりめ》に、自分は自分で、必死でにげるためのうしろ穴を掘りはじめたのです。

と、どうしたのか、ぴたっと、へびが穴を掘る音をとめました。おやとブンナもやめました。すると、うしろのてんじょうが、くずれてきました。しめっていた土のかたまりがばたっと落ちてきて、そこに、黒い穴があいて、あのいまわしいへびの灰《はい》いろのぬめった鼻先がのぞいたのです。ぺろっと、朱色《しゅいろ》の長い舌が出ているではありませんか。あっと、ブンナは声をのみ、もう夢中《むちゅう》で、うしろの穴に鼻をつっこんで、渾《こん》身《しん》の力でもぐりこみましたが、穴がふかく掘ってなかったので、ブンナのお尻は出ていたでしょう。ブンナの頭だけかくした姿に、敏感《びんかん》なへびが気づかないはずはありません。おや、こんなところに、穴がある、かえるのいた臭《にお》いがする、へびは感づいたことでしょう。と、急に、にゅっとのぞいた鼻先の口があいて、だらりとあかいふのりのような舌が出たのです。ブンナは、必死になってもぐりこもうとしました。だが、どうしたことか、このとき、てんじょうで、へびはキュェッと大きく泣いた。そして、それと同時に、地上で大きなどすんどいう音がきこえて、ブンナは、また失神しそうな恐怖におそわれたのです。下半身を地上にうねらせていたへびが、のたうっていたからです。

へびはてんじょうから首をたらしたまま、苦しみはじめました。ああ、これはどうしたことでしょう。ブンナは、へびの声があまり苦しそうなのと、地上に大きな音がするのとで、へびの下半身が、だれかにつつかれているのではないか、と直感しました。たぶん、それにちがいありません。しかしあの鼠が、かじりつくなんてことはかんがえられもしない。もし、そうだとすると鳶にちがいありません。ああ、鳶がきたのだ。そう思うとブンナは、てんじょうから首をたらしているへびをみていたかった。だが、みつづける勇気はありませんでした。じっと穴に身をちぢめて、運を天にまかせました。

ブンナが、じっと聞き耳たてているときです。地上では、どすんどすんという大音にまじってまた大風の音です。ああ、鳶がきて風がふいている、とブンナは思いました。ブンナにはききなれた音でした。鳶が羽をたたみながら、へりに両足をかけてとうごくようすです。へびは、またキュェキュェと泣きます。せっかく穴をあけて、上半身だけかくれたところへ悪魔《あくま》がきたのです。ぐらりと土が大きくゆれました。

と同時に、へびがまた大きく泣きました。ブンナは、息をつめてふりかえりました。と、どたんと大きな地ひびきが一つして、いままで、うしろのてんじょうにつき出ていたへびの頭はみえなくなり、穴がぽっかりあいて、土がぱらぱらと落ちてきました。そしてみるみるうちに穴はふさがりました。音がします。それは、鳶が、外へ出ていたへびの下半身をひきずりだしてへびの頭に向かって鋭《するど》いくちばしをつきつけている音なのです。キュェキュェとへびは泣きます。やられているへびは、全身をのけぞらせて、へりと土の境目にこわばったけはいでした。鳶はなおもへびをいじめつづけます。とうとう、へびは力をぬいたようすで抵抗《ていこう》をやめました。

鳶はへびが横着《おうちゃく》にも土の中へ入ろうとしているのをみて、生き返ったことに気づき、ここで、一《ひ》と打《う》ちこらしめたのだとわかりました。ブンナは、うれしくなりました。ああ、鳶よ。へびを二度と土にもぐってこれないほどこらしめておくれ。それならば鼠をさきにもっていっても安心だが、なるべくへびを先にもっていっておくれと鳶に向かってさけびたかったのです。

ところが、どうでしょう。大きく羽をひろげたらしい音がしたかと思うと、鳶はするすると上へあがって、へびのからだもついでにもちあげていったようです。頭上に圧迫感がなくなり、へびは宙にういた。ああ、このとき遠くでへびが大きく泣きました。さびしげな、かなしげな声でした。ブンナの母が沼《ぬま》の石のそばで、つれさられたときに泣いた声。いや、それだけではありません。ブンナがこれまでにみた、へびにくわれた大勢のかえるの泣き声に似ていました。そうです。だれしも死に場所へひかれてゆくときは、どんな豪気《ごうき》なことをいってても、どんなよこしまなことをやっていても、かなしく泣くものなのでしょう。

百舌《もず》がつれさられたときも、雀《すずめ》がつれてゆかれたときも、かなしげに泣いた。その声と同じ声をへびもだしたのです。ブンナには、へびが鳶にくわえられて天へさかさにつるしあげられている光景がうかびました。しばらく、静かな時間がきました。鳶はへびを空遠くへもちさったとみえ、上にはもう、へびはいないようすです。ブンナは頭の上が急にあかるくなって、春陽《はるび》がさしたような気がし、安堵《あんど》とよろこびで胸がいっぱいになりました。

と、頭の上で、声がしました。おやと思いました。あめまだ鼠がのこっていたのです。鼠も、喜んでいるだろう、とブンナは思いました。ところが、なんとそれはやはり鼠にちがいありませんが、鼠はどういうわけか、このときまた、あのかなしい声でしくしく泣くのでした。

鼠《ねずみ》さん……なぜ泣くのかね、あんたは、おそろしいへびがいままでそこにいて、死ぬ思いだったのとちがうのかね。自分のほうが先につれてゆかれるとばかり観念《かんねん》していたのに、土へもぐりかけていたへびのほうが先にもってゆかれて、ほっとしたのではないのかね。鼠さん、なぜ泣くの……。

ブンナはいきおいよく外へ出ていって、鼠をなぐさめてやりたかった。いや、へびがいなくなったことを、鼠とともにおどって喜びたかった。鳶《とび》がいかに、冷静に公平に判断したかもほめたかった。ところが、前にもいったように、ブンナは出てゆくわけにいかないのです。いまからでもくわれるかもしれませんし、かりに、鼠に力がなくても、鼠はたすかりたいために鳶につげ口するかもしれません。ブンナは、自分も穴にもどれてたすかったのと、鳶に先にもってゆかれなくてよかった鼠のために祝福しながら、その鼠がなぜだか、しおたれて泣く声を、だまってきいているしかなかったのです。

ところが、やがて鼠は、ぴたりと泣くのをやめました。そしてもううごくこともせず、じっとそこにうずくまっているけはいでした。と、ブンナの耳に、鼠のなにかしぼり出すような声がしました。なにか苦しみながら、物を言っているようだ、とブンナは耳をすましますが、よくきこえません。ブンナは、鼠が死ぬのではないか、と思って、勇気をだして、へびがひきだされたあと自然と土のたまってしまった穴の口を鼻さきであけて、顔をだしました。鼠がへりの隅《すみ》にたおれています。ふるえながらにかいっている。ブンナは、穴からとび出た。外には小雨がふっています。

「鼠さん、鼠さん」

ブンナはよびました。鼠はびっしょりぬれています。が、ぴくっとうごきをとめました。

「かえるくん、やっぱりいたのかね」

と、これが鼠のいった最初の声でした。

「はい、ぼく……地めんの中に」

とブンナはいいました。

「鼠さん、元気をだしてください……鼠さん……」

すると、鼠は手足を拝むようにあわせのばして、

「かえるくん……きいてくれ」

といいました。ブンナはよってゆきました。鼠はいいます。

「きみは、きいていたろう。ぼくが、鳶にへびを売ったのを……おれが鳶に、へびの

尾っぽをこう高くのばして、くわえてくれ、とさしだしたのを……おまえさんはみていたろう」

「いいえ、地めんの中にいたのでわかりませんでした」

　とブンナはいいました。事実それはみえなかった。

「そうか。でも、なさけないことだ。おれというヤツは……自分がもうこんなザマなのにへびを先にくってくれと鳶にさしだしていたんだよ」

「鼠さん、おかげでぼくは助かりました。礼をいいます。鼠さん、元気をだしてください。もうじき雨もやみます。夜がきたら、月も出ます。そしたら、また元気をだしてここからおりてください」

「おれにはそんな元気はない……いちど失敗しているしね。かえるくん」

「はい……知っています。でもなんど失敗してもいいじゃないですか。なんどもやってみてにげられたらいいでしょう」

「みろよ、かえるくん。この傷《きず》だ。あいてて、こいつはいけねえ。なんだか耳なりがはじまった。おれは死にそうだ。ああ、これは、おむかえの音だ……かえるくん、おまえさん、よく地めんにもぐっておれたね。おれはここで死ぬよ……おりるのは、おまえさんの番だ……かえるくん」

「鼠さん」

「なあんも遠慮《えんりょ》はいらねえ、おれは死ぬことで、いま、鳶に勝てるのだ。死んだヤツを鳶はきらう。おれのいってることがわかるか。かえるくん」

「…………」

「おれが死ねば、この土になる。からだはいつかくさって土になるんだ。おれやかえるくんが暮《く》らしてた地めんと同じ土になるんだ。死んで土になるのはみな生きものの道だよ。鳶だって白舌だって。死ねばみな地めんだ。だれがこの世にハクセイのように空にとまって死んでる動物をみたことがあるか」

「…………」

「みんな死ぬときはいっしょ。土になりにゆくんだよ。その土になる途中《とちゅう》で……かえるくん、おれのからだから、虫が出てくるはずだ。その虫は、やがて羽がはえて、空へとび立ってゆくだろう。かえるくん、きみは、それをくって、元気なからだになりたまえ。そうして、おれの代りにこの木をおりるんだ。おれから出た虫をくったきみが、元気になって、この木をおりてくれたらうれしい。そうしておれの仲間にも、おふくろにもあってくれたら、おれがおりたこととちっともかわらないじゃないか。かえるくん、きみは、ぼくになるんだから」

「………」

「おまえさんが、おれのおふくろや兄弟にあってくれる。おれがゆくのと同じことなんだ！　かえるくん、生きてるものは、みんなたべあってなんやかやに生まれかわってつながっているんだよ。わかるか、みんなだれかの生まれかわりなんだ。それでいいんだ。それでいいんだ。かえるくん、遠慮せずに、おれをたらふくくいたまえ。そして、ここをおりて、おれのかわりに仲間にあってくれ……」

鼠の声は、ひきしぼるように細くなり、やがて、両手足を合掌《がっしょう》するようにのばしたまま、からだをくの字にまげてこと切れました。

「鼠さーん」

ブンナはさけびました。

風が出てきました。雨はふりつづいているのです。と、空にまた音がして鳶かなと思いましたが、やはり風で、ふきんの樹々《きぎ》がゆれているのでした。ああ、寒い風がふいているな。鼠さんは死んだ、とブンナは思いました。と、ぴーひょろ、ぴーひょろと声がしました。ああ遠くで鳶がないています。ブンナは死んだ鼠をそこにおいて、大急ぎで穴《あな》へもどりました。そして、また、もとの地めんの中にもぐって耳をすませました。鳶の声はつづきます。空にまいあがった友だちをよぶときにこの声をよくだします。

ぴい、ぴいひょろろ

ぴいぴいひょろろ

残忍《ざんにん》な鳥に似あわない子供のうたうような、ふえをふくような声です。ブンナはよく石の上にいても、これがきこえるとみんなに合唱をやめよとしらせたものでした。いま空で、鳶のうたう声がして、それが、だんだん近づいてくる。緊張《きんちょう》しました。するとこのときなにやらどさっと音がしたのです。

おや。さっきへびをつれていった鳶とはべつのだれかがきたのだな、とブンナは耳をすませました。あるいはさっきの鳶が、椎《しい》の木のてっぺんにきてブンナの頭の上へなにかをおとして、さったのでしょう。と、小さな羽ばたきがきこえました。地めんに投げだされたのは、鳥らしい。声がします。

「鼠さん、鼠さん……」

ああ、つぐみの声だなとブンナは思いました。

「鼠さん、鼠さん、どうしたの」

つぐみは、鳶にさらわれてきたのに、軽い傷なのでしょうか。鼠のわきへちょこちょことよってゆくようすです。そうして、鼠のからだにさわっているようすです。つぐみは一瞬《いっしゅん》、ひと声、チイと泣きました。

ああ、鼠は死んでいる。ブンナはつぐみのびっくりしているようすがわかるのです。鳥のなかでもやさしい鳥ですから。つぐみがやさしく声かけるのにだまっている鼠の死はあわれでしかたありません。

かわいそうな鼠さん。ブンナは、鼠が月の夜にさめざめ泣いたあとで、力をふりしぼって脱出《だっしゅつ》をこころみ、そうして、それに失敗して、またしぶとく生きてきたあの勇気に感心していましたけれど、へびや牛がえるにおどされて、しだいに神経をすりへらして、精力をなくしていったにちがいないと思うと息たえた鼠があわれでした。そして、その最期《さいご》にいったことばも、ブンナの耳にのこりました。動物はみな弱いものをくって生きる以上、だれかの生まれかわりだ。きみがぼくの死んだあとくさったからだからとび出る羽虫《はむし》をくったら、ぼくの生まれかわり。元気になって地上へおりておふくろや仲間にあってくれ……それは自分がゆくのと同じことなんだから、といった鼠の必死な声は、ブンナの心を大きくゆさぶったと同時に、勇気づけてくれることばだったのです。いったい、これまでブンナが出あった動物の中で、こんなことをいったものはどこにもいなかった。なんてすばらしい鼠のことばだったろう。と、このとき、つぐみがうたいはじめました。

鼠さん、鼠さん。
あんたどうして、こんなところで死んでるの。
鼠さん、仲間はどうしたの。
どうして、こんなところにひとりぼっちでいるの……
あんたもきっと鳶にさらわれてきたのね。
かわいそうな……鼠さん。
あたしも鳶にさらわれてきたのよ。

シベリアのおかあさん。あたしは、日本のお寺の、
椎《しい》の木にきて、死んだ鼠さんといっしょにいます。
おかあさん…… あたしは一生懸命《いっしょうけんめい》空をとんで、
海をわたってきました。
おかあさんのおしえたとおり、
ほそ枝《えだ》をくわえてとんできました。
でも帰る日がこないのに、こんなところで死んでしまうの。

ちょっぴりかなしいけれど、でも平気。
おかあさん。つぐみは空をとんでても、いつ死ぬかわからない。
それは鳥の運命。死ぬときはみんなおなじ、
地めんに落ちてねむれとおかあさんはいったものね。
おかあさん、あなたが日本の木の実をついばんで、海ぎわの岩に落とした種子《たね》は、
おかあさんのいったとおり、大きな木になってましたよ。
あかい実が、ことしも鈴《すず》なり、
岩も、木も、波をかぶってぬれてましたよ。
おかあさん、あたしは、いいつけを守って、
木の実をたべて日本の山野にまきました。
まいにち、まいにち、岩の上の、
おかあさんの木の実をついばんで……種子をまきました。
あたしが死んでも、あたしのまいた種子は、日本国じゅうに芽をだしましょう。
おかあさんのいったとおり……
おかあさんのねむっている地上にあたしもこれからまいります、

おかあさん……待っててね。

ブンナは、つぐみのうたをきいて、しくしくと泣きだしました。ああ、このめすつぐみは、椎の木のてっぺんで鳶にさらわれたのです。羽を折られたのでしょうか。背なかに傷を負ったのでしょうか。

かわいそうに、遠いシベリアからきたつぐみは、友だちと別れて、こんなさびしい木のてっぺんで、ひとりきりになったのです。ところがどうでしょう。つぐみは、ぐちひとつこぼさずに、美しい声でシベリアで死に別れたおかあさんにうたをきかせているのです。そうして、そのうたは、ブンナにもよくわかりました。鼠さんもいったのです。空をとぶ鳥も、死ぬときは地めんにおちて死にます。それにちがいありません。どうして、鳥は死んで空にとどまれましょう。つぐみは、ことし、シベリアから日本へきて、どこかの海岸の岩に生《は》えていた、あかい実のなる木をみて、それがむかし、おかあさんの落とした種子の木だと思ったのでしょう。そうしてその木の実を腹《はら》いっぱいたべて、日本の山や野に、ウンチとともに落としたのでしょう。つぐみは、いまこの椎の木の上で死んでも、そのついばんだ実が木になることで……よろこんで死ねるといったのです。

ブンナはつぐみのうたが、あんまり美しくてかなしいので、穴の中で、しくしく泣きました。ああ、かえるに、つぐみのような、こんな勇気があるだろうか。つぐみは、実をたべながら、山や川にたくさんの木の芽をまいてきた。遠い国からやってきて、この国でうつくしい死に方をする。ブンナはいつまでも泣きました。すると、そのブンナの泣く声がつぐみの耳に通じたのでしょうか、つぐみはぴたりとうたうのをやめました。やがて、羽をたたんで、しずかに死んだ鼠のそばによりそっていったようです。そうして、そこで眠《ねむ》ったようです。どこからか風がふいてきました。そうして、木の葉のすりあうような静かな音がさやさやとしていました。つぐみはどうしたのでしょう。世の中はしいんとしてしまいました。ああ、やっぱり、つぐみはうたうのをやめて、いや、もううたえなくなって、死んだ鼠のわきによりそうて永遠の眠りにはいったにちがいありません。

もう一ど、つぐみよ。うたっておくれ。

ブンナは穴の中で、じっと耳をすませました。つぐみは二どとうたってくれませんでした。それでブンナは、かなしくなってしくしく泣きだしました。

第十章　ながい冬をブンナが木の上でかんがえたこと

雪が降りつもった時、椎《しい》の木のてっぺんは綿ぼうしをかぶせたようにまるくなり、それはちょうど、この大木の先端《せんたん》をほうたいでもしたようにみせていました。

しかし、この白い綿ぼうしをかぶった穴《あな》の中に、一ぴきのかえるがねていたことを知るものは、作者と読者のみなさんだけです。そうです。あの獰猛《どうもう》な鳶《とび》も、親切なみみずくも知らないことでありました。

ブンナは、予期しない急寒波のために、あれから月夜が何度きても、外へ出るたびにからだがいてて、木をつたいおりることを断念しなければなりませんでした。そうしてながい冬眠《とうみん》にはいったのです。ブンナがどうして冬眠にはいれたか。どうしてそんな冬じゅうの食餌《しょくじ》をたべることができたか、まずそのことを話さねばなりません。ブンナは死んだ鼠《ねずみ》のおかげで、生きられたのでした。つぐみは、鼠によりそって死んでいたはずなのに、鳶にもちさられたのでしょうか。鼠だけが死んだままのこされていたのです。

ごぞんじでしょうか。鼠はてっぺんで屍《しかばね》をさらしていましたが、いつのまにか、それはたくさんの虫となり、羽をはやした蛾《が》になったのです。これを、ブンナはみんなおいしくたべたのでした。ブンナは、そのおかげで、たらふく腹《はら》ごしらえができ、いてた冬を、土の中ですごすことができました。雪がふると、もうこの寺の庭の樹《き》という樹はこおったようにだまりました。そうしてブンナも、椎とおなじように、だまりこくって、春がくるまで仮死をつづけたのです。といっても、ブンナは、すぐ眠《ねむ》りにはいったわけではありません。いろいろなことをかんがえました。

それは、つぎのようなことでした。

ブンナはこの椎の木のてっぺんにきて、鳶にさらわれてきた百舌《もず》や雀《すずめ》や鼠やへびや、どこかへ消えた牛がえるのことを追想したのです。かわいそうなこれらの動物は鳶のために、半死の目にあわされ、ねぐらへはこばれるまでのわずかな時間をこの椎の穴に投げこまれていたのですが、その間にそれぞれの個性をむきだしにして、後悔《こうかい》したり、懺悔《ざんげ》したり、自分だけ生きようとブンナを身代りにしようとしたり、闘争したり、また、そのことを反省したり、そして、生きる希望を見いだそうとするかと思えば、生きることの一切をあきらめたり、ときには生死を忘れて母親のじまんをしたりしました。

鼠にいたっては、雀にえらそうなことをいっておきながら、月夜に脱走《だっそう》をこころみましたが、失敗して、またさらわれてきたときは、以前よりも大きな傷《きず》をおっていました。そこへやってきた、牛がえるといったら、ブンナと同じかえる族にちがいありませんけれども、はずかしいことを平気でいいました。いや、得意になってへびにじまんしてみせたうえに、あとでくいついたりしたのです。みな表面だけは自分のわるいことをかくしていて、あとで本性をだしました。

小ざかしい雀のひとりよがりにくらべたら、鼠はまだましでした。だが、なんといっても牛がえるよりもへびのひとりよがりと、あの物いいははき気がしました。へびは、牛がえるに、子供のころのことをじまんしましたが、しょうじき、ブンナは、へびも、自分たちと同じような卵から生まれるときいて、びっくりしたのでした。へびは自分の力で、卵を割って出てきたといい、生まれながらに、頭のてっぺんにカンヌキみたいな刃《は》をもっていたといいました。そうして、その刃は大きくなるにつれてなくなったといいましたが、形にあらわれた刃はなくなったとしても、それにかわって、固いキリのような頭の中に悪知恵《わるぢえ》をいっぱいつけたといわねばなりません。だが、それにしても、そのへびでさえ、鳶にいよいよくわえられたときは、かなしい声をだして泣いたのです。

ブンナは、いまごろ鳶のえじきになって、この世からすがたをなくしてしまったであろう百舌、雀、へび、つぐみの最期《さいご》が頭上で死んだ鼠の最期とあまりにもちがっていることに、しょうじき、不思議を感じたのです。

鼠は、この穴の上で、死にました。生きたい、生きたいと願いながら、死にました。そして、鼠のからだは、いつまでも土の上にあったわけではありません。そのからだから、たくさんの虫が出て、それらが美しい羽をつけたちょうや蛾になってとび立ったときは、ブンナは、なんと、鼠は美しい死に方をしたかと、うらやましくさえなりました。動物が死んで、あんな美しい羽をはやしたちょうや蛾になる。この世に、こんなすばらしいことがあるでしょうか。

ブンナは、かえる仲間の死んだ姿をみたことはあります。もっとも、たくさんみるのは、五月の少し早いころに、たんぼへ出ますと、人間のおひゃくしょうさんが、草をとるためくわで畑を掘《ほ》りおこすときです。まだ冬眠中の仲間が、ぞろぞろ出てきて、寒いので、すぐ凍死《とうし》してしまいます。すこしおくれて、外界へ出たブンナは、それらの仲間が、畑のクロや、うねの上で死んでいるすがたをみました。どれ一つ羽をはやしたちょうになっているものはありませんでした。みんなひからびて、秋のかれ草のように、うすべったくなって、ありがたかっていました。

ああ、あの鼠だけがどうして、死んでもちょうになれたのでしょう。それはきっと、生まれるまえによいことをしたからでしょうか。母の話だと寺のおしょうさまの説教では、生きているうちにいいことをたくさんしておくと、死んでからはたのしいところへゆけるということでしたが、死んでたのしいところへゆけるよりも、死体がちょうになるなんて、なんてすばらしいことでしょう。鼠は天国へのぼったような気がします。

だが——とブンナはかんがえました。その鼠の化身《けしん》であるちょうをたべてしまったのは、ブンナ自身です。美しいちょうを、空へまい立たせてやれば、鼠は昇天《しょうてん》したことになりましょうが、ブンナがたべてしまったのでは、鼠はブンナの腹の中にはいったことになります。ブンナは、そこまでかんがえると、自分はたいへん罪ぶかいことをしたと思いましたが、それにつけても、ブンナはむかし母と議論したときのことを思いだしました。

「ブンナよ……おまえはやさしい子だ。けれど、かえるに生まれて、やさしすぎてはいけないよ。ミミズや、ちょうやはえや、トンボがいたら、それはおいしいのだから。やさしい心のためにたべないでは、こっちが死んでしまいますよ」

「だって、おかあさんは、おしょうさんのいうことをよくきいて、弱い者はたすけてやらねばといったじゃないか」

「それはおしょうさんの説教をきいたときだけです。その日いちにちはそう思って、なるべく殺生《せっしょう》はしないようにつとめても、毎日、そんなことをしていたら腹がすいて死んでしまいます。月に一ど、おしょうさんの説教をきく日は、施餓鬼《せがき》といいます。その日だけ、殺生をやめましょう、これでいいのです。ブンナよ。この世に、自分がたべたものにあわれを感じるあまりに、くえるのをくわずにがまんして死んでゆくものがいますか。元気をだして、さあ、ちょうもはえもとってたべることです……ブンナよ、ちょうやはえは、わたしたちにたべられることを……あんなによろこんでとび舞《ま》っているではないか」

ああ、ブンナは、母がいったこのことばをいま思いだすのです。母のことばは、いま鼠をくってしまった自分をなぐさめてくれます。そうだ、とブンナはかんがえなおしました。

わたしは鼠さんを殺してたべたのではない。鼠さんはもう死んでいたのだ。その死体をたべたのではない。鼠さんが生まれかわって、わたしたちのえさになるちょうに化身してくれた、そのときに、わたしはそれをたべたのだ。世の中は、みんな、まわりまわって、それぞれのえさになることで、死ぬものは死に、生きるものは生きている、と鼠さんもいった。おしょうさまは、こういったっけ。

「この世に生きている者は、すべて死ぬ。死んだら、すべて土になる。（ああ、つぐみはうたったっけ。シベリアの空をとぶ鳥さえも死ねば土にもどって死ぬと）そうして、土の上からまた新しい生物が出てくる、すべてのものは生まれかわって出てくる」

ブンナは、やがて自分も、なにかに生まれかわって生きるのだと思いました。そう思うと、かえるも、（へびも、百舌も、雀も、みなおなじ仲間で、死んだらなにかに生まれかわってゆくのでしょう。へびは鳶のえさになったから鳶になりました。百舌もやっぱり鳶になったのでしょう。とすると、あの鼠さんは、ブンナになった。

ああ、世の中は、まわりもちです。

ブンナは、そんなことをかんがえているうちに、次第《しだい》にかえるの習性である仮死の時間に入り、かんがえる力すらも無くなって、寒い冬を、この椎の木の穴の中で、土とおなじ物体になってゆきました。

春はそれから、ずいぶんあとにきました。ブンナが眼《め》をさましたのは、五月でしたから、そうです。六カ月ほどブンナは椎の木のてっぺんの穴の中で死んでいたといえましょう。

第十一章　ブンナよ、大地におりて太陽へさけべ

五月がきました。

ブンナは眼《め》をさましました。ながいあいだ、ブンナは眼をつぶっていたので、はじめ、穴《あな》の中がまっ暗で、なにもみえず、目がなれてくるまで、しばらくやみの中をじっとみつめていましたが、ふと、自分がいま、すわっている場所は、どこだろうとかんがえる余裕《よゆう》もありません。

五月の太陽は、ブンナのいる土のぐるりをぬくぬくとぬくもらせて、じんわりと湯気をたてててつつんでいるのでした。ブンナはやわらかい土をくぐって、はやく外へ出ようとしました。このときはまだ、ブンナは自分が大地の中にいたと思っていたのです。

ところが、ブンナが、土の上へ頭だけだして、キョロキョロと上をみたら、そこには、青い空があるばかりです。沼《ぬま》はありません。高いへいのような木のへりが見えただけです。

ああ、そうだった。自分は椎《しい》の木のてっぺんにいたのだ。ブンナは、一瞬《いっしゅん》、びっくりして頭をすぼめ、穴の中へへたりこんでから、土の中をみまわしました。とそこには小さな虫がいました。ブンナはそれをたべました。また虫が出てきました。ブンナはそれもたべました。たべているうちに元気が出ました。そうして、もう一度勇気をだして外をのぞきました。鳶《とび》はいません。てっぺんの広場にはなんと草がはえ、そこには黄色い花を咲《さ》かせる背のひくいクローバーもよもぎもありました。

こんなところに花がと思うと、その花に、なんと、かわいいあぶがとまっているではありませんか。ブンナはそっと、草にかくれ、そのあぶがやってくるのを待ちました。と、あぶは、ゆっくりととんできて、ブンナの頭の上を廻転《かいてん》しました。ブンナは、ながい舌をだしてとらえました。おいしいあぶです。ブンナはさらに草のうらにかくれて、木のへりをみました。おお、そこには、たくさんのありです。ブンナはたらふく、そのありをたべました。ブンナは腹《はら》いっぱいになると、大きく深呼吸して、へりの上へ巧妙《こうみょう》にとびのりました。そして、下をみました。

椎の枝《えだ》がいっぱいこんでいて、沼も、庭も寺の屋根もみえません。しかし、なんと、そこには樹々《きぎ》の葉が生き生きとしていたことでしょう。陽《ひ》はさんさんとかがやき、新しい芽はやわらかく、みどりの葉は、せみの羽のようにすけてみえます。めくるめく五月です。ブンナは、へりからおりて慎重《しんちょう》に体操《たいそう》しました。そうして、鳶がどこかからにらんでいないかをよく見きわめてから、ふたたびへりにもどって、慎重に椎の木をつたわりながらおりていったのです。

なつかしい枝の股《また》がありました。そこをすぎると黒いコブがありました。そこをすぎると、また茶色のコブがありました。ああ、その第一のコブへきたとき、ブンナはなつかしい友だちのなき声をききました。早くに冬眠《とうみん》からさめた土がえるたちが、もう、沼にあつまって、一生懸命《いっしょうけんめい》ないているではありませんか。

ブンナははやく、うたをうたう仲間にはいりたくて、胸をはずませながらとびおりました。

「おーい、ブンナじゃないか」

土がえるの一ぴきがとんできて、さけびました。

「ブンナじゃないか。トノサマがえるのブンナじゃないか」

ブンナは、土がえるたちが、信じられないといいたげに眼をきょろきょろさせるのをみて当惑《とうわく》しました。当然でしょう。ブンナも土がえるをみたとき、きみは……きみは、去年の土がえるかね、と信じがたい思いがしたからです。ああ、友だちはいっぱいあつまってきました。

「ブンナがいたぜ、ブンナが帰ってきたぜ」

みんなは、口ぐちにつげあって、ブンナをかこんだのです。ブンナは、胸がつまりました。ただ、もうれしくて、なつかしくて、ものがいえません。それにしても、仲間というものは、どうしてこんなにやさしく情けぶかいのでしょう。ブンナは地上におりてきたことをまちがいなく、よいことだったと思いました。

「ブンナ君、どうしたの、いままでどこにいたの」

土がえるがすすみ出てたずねました。

「椎の木のてっぺんにいたんだ」

「あのてっぺんにかい、ひと冬じゅういたのかい」

「うん、そうさ」

ブンナは、むかしのように得意になれませんでした。これはみょうなことでした。どこか気がはずまない。土がえるたちに自分が勇敢《ゆうかん》だった冒険《ぼうけん》の夜な夜なをずいぶんじまんもしてやりたい思いはあったはずですが、どういうわけか、じまんしたい気持ちはなくて、土がえるがなつかしげに、ブンナの帰ってきたことをよろこんで、話しかけてくるのに、こちらはにこにこしてただ素直にこたえるだけなのです。

「椎の木に、冬じゅうねれるような場所があったのかい」

「うん、小さいけれどね、ぼくひとりならやすめる土があった」

「土がかい。椎の木のてっぺんにそんな土があったのかい」

「ああ。高いところにはね、いろいろと不思議なことがあるものさ。でもね、土がえるくん。ぼくはさびしかったよ。みんなとはなれてひとりで冬をねていたんだから……みんなにあいたかったよ……無事でもどれて、無事でもどれて……」

そういいながら、ブンナは、しくしく泣きだしました。

「ぼくはうれしくて、ぼくはうれしくて……」

ブンナがどんな気持ちで泣くのかわからなかった土がえるたちは、きょとんとして、ブンナをみつめます。ブンナはそれから、ゆっくりゆっくり、木のてっぺんで起きたこと、みたことを話したのです。平和な新天地だと思った場所が、鳶のえさの貯蔵所だったこと。半死半生の百舌《もず》や雀《すずめ》やへびや鼠《ねずみ》や牛がえるがつれてこられて、いまわのきわに自分の話や親の話をしたこと。シベリアのつぐみがうたったうたのことなど。それから、さいごに、鼠が死ぬとき、ブンナに向かって自分のからだから出た羽虫《はむし》をくって元気をつけて地上へ帰ってくれ、とたのんだこと。ブンナはその羽虫をたべて冬眠をすごし、春がきてから降りてきたことなどを、話したのです。

「ぼくら、かえるは、みんななにかの生まれかわりなんだ。それがよくわかった。ぼくは鼠さんの生まれかわりだよ。自分は自分だけと思ってたけど、自分のいのちというものは、だれかのおかげで生きてこれたんだ……地上にとんでいる小さな虫や羽虫は、みな鼠やへびや牛がえるの生まれかわり。それをくって生きるぼくらは、敵だと思っているへびや鼠をくっていることになるんだ。ぼくらのいのちは、大ぜいのいのちの一つだ……だから、だれでも尊いんだ。つらくて、かなしくても、生きて、大ぜいのいのちのかけはしになるんだ……」

ブンナは力づよくいったのです。

ブンナは久しぶりに沼をひとめぐりしました。そうして、いつも、そこが見張りの場所であった高い岩にのぼりました。それから、そこで一服して、しばらく見なかった世の中を見わたしたのです。

寺の屋根の上には、雀がいっぱいむらがっています。雀はチュンチュンと軒《のき》をくぐったり大地におりたりしています。そうして、鬼《おに》がわらの上にもとまっていました。庫裡《くり》のうらのとり小舎《ごや》では、ひながかえったとみえて、親鶏《おやどり》がおおぜいをひきつれて庭へ導いてきます。ピヨピヨピヨ、さわがしいとり小舎です。

とり小舎の上をみると、女郎《じょろう》ぐもが巣《す》をはっています。大きな巣を、やねからやねにわたしたこのくもは、中央に陣《じん》をしいて、羽虫がとんでくるのを待っているのです。背なかの金筋が光っています。

おや、その小舎をよくみていると、向こうの柿《かき》の木のこずえに一ぴきの百舌がいます。尾《お》をぴんぴんとうごかして、下をにらんでいます。キキキッ、キキーッと百舌はさけんで、さっと下降しました。地上のミミズかなにかをみつけたのでしょう。いや、また土がえるの一ぴきが死んだのかもしれません。

ブンナは、百舌のおりたところから、だんだん広くなってゆく花畑や、裏庭のすみの沼へ目をうつしました。ああ、花畑《はなばたけ》にはたくさんのちょうちょうです。いやちょうだけではありません。あぶもいます。はちもいます。ぶんぶん虫もいます。彼《かれ》らは、羽をすりあわせてなくものはなき、うたうものはうたい、力いっぱいに羽をひろげて舞《ま》うものは舞い、だれひとりとして、この五月の陽気をよろこんでいないものはありません。

ブンナは眼を沼の岸におとしました。すると、そこにたくさんの土がえるやトノサマがえるの卵がみえました。じつにたくさんの卵だ。真珠《しんじゅ》の首輪を何百も、そこらじゅうにちらばらしたように、土がえるの卵は寒天色の輝《かがや》きを陽の中できそい、水面をうめているではありませんか。そして、その下には、一日早く孵化《ふか》した無数のおたまじゃくしが、黒い頭をぶきっちょにふって、すいすいとおよいでいるではありませんか。ブンナの子分になる連中でした。みんな、ことしの五月に、この世に生まれたかえるたちでした。ブンナは、その子供たちの上に、ういているたくさんの卵をみていますと、そのそばを、これはまたかえるの父親が、それこそほんものの真珠のようにみえる卵を七つ八つ背おって、とぼとぼ歩いてゆくのがみえました。かえるの父親は、背なかに卵をおんぶしてかえすのです。

いや、それだけではありません。そのうしろをたくさんの水泡《すいほう》をかついでゆく、トノサマがえるの母親もみえます。これもやがて、みなおたまじゃくしになる仲間です。そうです。五月は産卵《さんらん》の季節です。母親がえるがたくさんの子をうんで、けだるい声でうたをうたう季節です。

ブンナは、沼のへりを歩いたり、水面を泳いだりしている何万びきとしれぬかえるの仲間に、いまさけびたい気がしました。

「おーい、みんな、がんばって生きようね、きょう一日がね。生きられるきょうのよろこびを……きのうのかなしみなんかわすれてね……みんな声をあわせてうたおうよ」

ブンナは、石の上でうたいはじめました。

水ぬるむ五月がきたよ
今日も生まれる新しいいのち

さあ、手をつなげ、そろってうたおう
ぼくらのいのちはだれかの生まれかわり
よわくてもはかなくても
みんな、あらたなひとつのいのち
さあ、うたおう、うたおうよ
生きてるものはみないのちのかけはし
あすにむかって、つよくはばたけ
水ぬるむ五月がきたよ
さあ、手をつなげ、そろってうたおう
あらたな世界のために、うたえ
ぼくら土がえるのうた

ブンナのうたう声は、沼の上にひびきわたって、高い空にはじけました。

すると、土がえるたちが下にあつまってきて、ブンナをあおいで、いっせいにブンナのうたうとおりのことばをなぞってうたいなきはじめました。

水ぬるむ五月がきたよ
さあ、手をつなげ、そろってうたおう
あらたな世界のために、うたえ
ぼくら土がえるのうた

きょう一にちを生きてゆくよろこび――ブンナは大きく大きく胸をけって太陽にむかってないたのです。

母たちへの一文

——あとがきにかえて——

水上　勉

私は昔《むかし》から童話が好きだった。二十代には創作もしたし、また世界名作のダイジェスト版をひきうけたりした。小峰《こみね》書店版の『家なき子』、あかね書房版の『きつねのさいばん』などはそれである。また少年読物ともいえる偉人伝《いじんでん》や、幻燈脚本《げんとうきゃくほん》の『アンデルセン童話集』などもやった。二十代後半から三十代後半まで、童話と少年読物を主な仕事としてきた。

私はまた子供に話をするのが好きだった。それは昭和十九年から二十年秋まで、福井県下の青葉山分教場教員をやり、寒村での子らではあったが、親しく二年間の共同生活をおくり、戦争も激《はげ》しい時代で、娯楽《ごらく》のなかった村々を、子供らとともに、芝居《しばい》をやったり、またその子らに、創作童話をきかせる授業をもった。

子供たちは、一年生から四年生までが、一つの教室で学習する複々式授業だったが、私の話は、一年生にも、四年生にも通用した。全学級が一つになってきいてくれた。

じっさい、子供たちは、話をきくのが好きだった。山上部落だったので、都会のことや、海のことをはなすと、眼《め》をかがやかせた。汽車や電車のこともめずらしがった。話が切れてくると、私は長篇《ちょうへん》童話をあらかじめ書いておいて、それを毎週、日をきめて、小出しに話した。子供たちは、そのドラマに興味をもった。出来のわるい子も、出来のよい子も、同じように、主人公の犬や子供に愛着をもち、毎週のその日がくるのを楽しみにした。この分教場での生活はのち、『椎《しい》の木の暦《こよみ》』という作品で詳細《しょうさい》に発表したが、その体験で、私は、子供というものは、本を読むより、話をききたがるものだということを知った。話をしておいてからあとで、本をあたえると、不思議に本がきらいな子でも読むのだった。私は、自分のもっていた童話本を片《かた》っ端《ぱし》から話してきかせたあとで、皆《みな》に廻《まわ》しよみさせた。

この経験は、本のきらいな子をもつ母親たちに、何かの足しになるかもしれない。まず、母親が本を読んでおいて、話してやる。そのあとで、本をあたえる。子供は必らず読むだろう。もうその話はきいてしまっているから、読まなくてもいい、と考えるのは大人の浅智恵《あさぢえ》である。これは私の偏見《へんけん》かもしれぬが、教えた分教場の子らが、そのようだったので、そういうのである。

『ブンナよ、木からおりてこい』は、つまり、母親がそのまま朗読してやってもいいように書いた。朗読しなくても、頭に入れやすいような筋書きにし、それをまた子供に話してやりやすいようにたくらんだ。工夫といえば、それがこの作品の取柄《とりえ》だろう。だが、私は、この作品を書くことで、母親や子供とともに、この世の平和や戦争のことを考えてみたかった。それから子供がよりぬきんでたい、誰《だれ》よりもえらい人間になりたい、と夢《ゆめ》を見、学問にも、体育にも実力を発揮《はっき》し、思うように他の子をしのいでゆくことの裏側で、とりこぼしてゆく大切なことについても、いっしょに考えてみようと思った。まことに、今日の学校教育は、人なみの子にするというよりは、少しでも、他の子に勝《まさ》る子にしあげようとする母親の願いを、ひきうけているようなところがあって、子は、ひたすら学習であけくれている。いったい誰が人なみでいることをわるいときめたか。また、人なみでないことをダメだときめたか。そこのところをも、私は子供とともに考えたいと思った。生きとし生けるもの、すべて太陽の下《もと》にあって、平等に生きている。蛙《かえる》も鳶《とび》も同じである。だが、この世は、平等に生きているといっても、弱肉強食である。賢《かしこ》い者は愚《おろ》かな者を蹴落《けおと》し、強い者は弱い者をいじめて生きている。動物の世界だけではない。人間の世界がそれである。

ブンナは、こんな世の中で、もっとも弱いものの象徴《しょうちょう》である蛙である。ブンナという名は、釈迦《しゃか》の弟子の一人の名にちなんでつけられているが、賢明《けんめい》な弟子のその苦悩《くのう》を、ブンナは蛙の身でなめるという物語である。

母たちに、右のような作者の思いがつたわっておれば、子供に話しきかせる方法もまたちがってくるだろう。今日の学歴社会を生きぬこうとする凡庸《ぼんよう》の子らに、どのような夢を作者は托《たく》したか。凡庸に生きることが如何《いか》に大切であるかを、母親は先《ま》ず自分の心の中で抱《だ》きとって、子に話してほしい。そうであれば、ブンナが木の上で体験した世にもおそろしく、かなしく、美しい事件のすべてが、子供に、なんらかの考えをあたえ、この世を生きてゆくうえで、自分というものがどう確立されねばならぬかを、小さな魂《たましい》に芽生えさせてくれる、と作者は信じる。

(昭和五十四年十一月)

改訂版　あとがき

この本は、「ブンナよ、木からおりてこい」の改訂稿《かいていこう》である。先に若州一滴文庫《じゃくしゅういってき》から出された決定版の文庫版である。思うに「ブンナ……」は最初新潮社の書きおろし少年文庫の一冊として昭和四十七年に発刊された「蛙《かえる》よ、木からおりてこい」が原本となっている。だが、この初版本は、一刷で絶版になった。作者は三蛙房《さんあぼう》から改訂稿を出すことにし、これをくるま椅子《いす》劇場建設の資金にあてることにした。三蛙房は、印刷、編集を構想社に委《ゆだ》ねたので、構想社版も多少書店に流布《るふ》した。しかし、目的が、くるま椅子劇場建設にあったため、三蛙房版は一般書店に販売《はんばい》せず、作者が巡演《じゅんえん》する演劇公演会場で売るルートに切りかえた。ところが、この作品を小松幹生《こまつみきお》氏が脚本化《きゃくほんか》され、劇団青年座が公演した「ブンナ……」は好評を博し、全国学校公演を果し、一座は中国にも行き大好評だった。芝居《しばい》の成功は、原作をよみたいという少年少女の要求となり、作者に手紙が殺到《さっとう》した。そこで作者は、ふたたび新潮社に乞《こ》うて、文庫版を刊行してもらって、一般書店での購売《こうばい》に役立てることにした。青年座が、小松脚本で成功した公演を打ち切ったのは、昭和五十六年であった。演出者の交代が理由だった。ところが、また再演の際、劇団は作者に脚本化を依頼《いらい》してきた。作者は困惑《こんわく》した。小松脚本はみごとな出来で、作者も満足していたからである。ところが、劇団の要望は、小松脚本では原作から少しはなれた作品になっているので、もう少し原作にもどし、作者臭《さくしゃしゅう》がほしいという。最初はことわったが、全国学校からの要望がたえないので、とうとう腰《こし》をあげて、脚本化することになった。今日、青年座が全国に公演中の作品がそれである。脚本は若州一滴文庫から刊行された。

ところで、この脚本は、大人たちにも読まれはじめて、版をかさね、今回、株式会社「仕事」が製作するアニメ映画もこれをもとに製作され、国連加盟三十周年記念行事の一つとして、世界の参加国で上映されることになった。これも結構なことで、作者はうれしかった。ブンナの世界旅行だ。

ところで、作者は、これを機会に、もう一ど、原作本を改稿したい欲求にかられた。何ども芝居を見ていると、ああでもない、こうしたかった、といろいろと初版本への不満も生じ、脚本で試みた部分をもつけ足すことで、主題が子供によりわかりやすくなる思いもして、五十枚の加筆と各章にも丹念《たんねん》に訂正をこころみた。それでどうやら満足できた。

ふつう文庫本といえば、作品の終着駅のようにいわれて、充分作者が推敲《すいこう》をかさねたものの刊行のはずで、作者もはずかしい思いでいる。新潮社に、改訂本の刊行を願い出てみたところ、ありがたいことに、快よくひきうけて下さった。

以上が、「ブンナよ、木からおりてこい」訂正版発行のいきさつである。わがままな作家もいるものだと、あきれられる読者もあろうけれど、作者も作品とともに年をとる。年経《へ》てからも気に喰《く》わぬところは直したい思いがつのればやってみたっていい。それが材料への作者の愛情である。ブンナは、たしかに、ぼくにとっては、もう分身のような気がして、愛着はふかまる一方だ。

この新潮文庫版ならびに、若州一滴文庫版（市販されず、くるま椅子劇場でのみ販売）をもって決定稿とする。どうか御愛読ねがいたい。

昭和六十一年十一月一日

水上　勉

解説

桑原三郎

『ブンナよ、木からおりてこい』は、初め、『蛙《かえる》よ、木からおりてこい』という題名で、昭和四十七年三月に、新潮社から刊行された。新潮社に「新潮少年文庫」の企画があって、いわゆる児童文学の作家ではなく、大人相手の作家に子供の読物を書かせてみようとしたのであった。新田次郎、吉村昭、三浦哲郎、星新一、田中澄江といった人々がこの企画に参加したのであって、水上勉の『蛙よ、木からおりてこい』は、新潮少年文庫の8であった。

あらためて言うまでもなく、水上勉は、現代の日本を代表する文学者である。大正八年（一九一九）三月八日に福井県大飯《おおい》郡本郷村岡田に生れたと、年譜《ねんぷ》にある。名作『雁《がん》の寺』が直木賞を受けたのが昭和三十六年（一九六一）で、作家生活に入るのは比《ひ》較《かく》的遅《おそ》かったのだが、その後は、旺盛《おうせい》な創作力で、『飢餓海峡《きがかいきょう》』『五番町夕霧楼《ごばんちょうゆうぎりろう》』『越《えち》後《ご》つついし親不知《おやしらず》』（昭和三十七年）、『越前竹人形《えちぜんたけにんぎょう》』（昭和三十八年）と、傑作《けっさく》をうち続けて発表し、文壇《ぶんだん》に不動の位置を確保したのであった。

『蛙よ、木からおりてこい』は、昭和四十七年（一九七二）三月に刊行されたから、水上が五十三歳《さい》の作品である。大人相手の作家としてすぐれた活動を世に問うているその間に生み出された、珍《めずら》しい童話である。だが、この童話は、大人相手の小説家が、縁《えん》のある出版社に頼《たの》まれて、たまたま子供のものを書いてみたというような性質のものではない。読んでみれば解《わか》ることだが、作家水上勉が全力投球して仕上げた作品なのである。

しかし、この作品は、発表当時さして評判にならなかったようである。書きおろしの児童文学ということで、小説の批評家は、自分達《たち》の担当ではないように思ったのだろうし、児童文学者の方は、又、思いがけない作家の作品にとまどって、評価する余《よ》裕《ゆう》もなく見送ったのかも知れない。

ところが、世の中は面白《おもしろ》いもので、若い演劇人が、この作品を読んで、ぜひ舞台《ぶたい》にのせたいと、水上勉に頼んできたのであった。劇団青年座の人々である。

さて、著者の承諾《しょうだく》を得て、青年座は『蛙よ、木からおりてこい』の上演を実現することを決め、脚本《きゃくほん》は小松幹生《こまつみきお》が担当した。小松は『蛙よ、木からおりてこい』の読後の印象を「単純にして素朴《そぼく》にしてストレート、自然体で大地にゆったりと立っている」と述べている。そして、脚色に当った自分の姿勢を、次のように説明している。

「その姿に相対して、ならぼくもそうしようと思った。それまで寄って立ってきたつもりの自分の個性みたいなものはきれいに捨てて、水上勉をすっぽりと全部そのまま受け入れて、で、大地にゆったり立ったつもりの、そう、気持だけはだから爽快《そうかい》だった。読み終ってから書き上げるまでの三カ月ほどのことである」

原作にすっぽりつかって脚色したということであろう。

さて、青年座の舞台であるが、場面がきびきびと展開し、それはスリルに満ちた面白い芝居《しばい》である。青年座は、昭和五十二年のころから、この芝居をもって日本中の各地を巡回《じゅんかい》し、何万、何十万という子供達に見せて、好評を博し、今日に及《およ》んでいるのだという。昭和五十四年には、青年座の『ブンナよ、木からおりてこい』は芸術祭優秀賞を受け、ほかにも、厚生省児童福祉《ふくし》文化賞、東京都優秀児童演劇選定優秀賞などを受けたのであった。

こういう背景があって、水上勉は、昭和五十五年一月、『ブンナよ、木からおりてこい』の原作に、八年ぶりにもう一度筆を加えて、題名も変え、今度は三蛙房《さんあぼう》から出版したのであった。
だが、芝居を見るのと、原作を読むのとでは、やはり違《ちが》う。水上勉自身、ある座談会で、次のように言っている。

「ああいうモダンな劇化の処理もあるけれども、もっとシリアスに、原作どおりもっと陰気《いんき》で動物ののたうつものにする方法もあると思います。けれども、それはアニメーションででもやらない限り不可能ですね。リアリズムでやることは。……」

と言うことは、原作は、芝居よりももっと陰気で、シリアスだということである。それに、芝居は一過性のもので、さわりの部分を何度も繰《く》り返して見るというわけにはいかない。ところが、文学は、小説でも童話でも、個人的に、いつでも、自分の好きなペイスで、繰り返し作者の言葉――つまり、作家の世の中を見る目と、作家の思想――につき合うことができるのである。つまり、文学の方が、受け取る側もシリアスに受けとめ得《う》るわけである。そして、『ブンナよ、木からおりてこい』は、大変シリアスな文学だから、ぜひ繰り返して言葉を味わってもらいたい性質のものなのである。

椎《しい》の木の上で、傷ついた百舌《もず》は、やはり傷ついた雀《すずめ》に言う。

「どうせ死ぬんだよ、雀くん。くよくよしたって雀は雀の一生。百舌は百舌の一生さ」

別の場所では、母を失ったトノサマがえるのブンナに、トノサマがえるのおじいさんが言う。

「いいかい、この世に生きているすべての生きものはみんなおそかれ早かれ死ぬんだ……いいかいブンナ。いつまでも……自分だけ生きられる、自分だけは幸福になろうなどと思うもんじゃない。不幸はいつも幸福の背なかあわせにすんでいる、ということを知るがよい……」

人間を含《ふく》めて、生きているものが、すべて死ぬべき定めにあることを説いているのである。

しかも、それればかりではない。この童話の中には、この世が地獄《じごく》だという把《とら》え方がある。鳶《とび》にさらわれて、椎の木のてっぺんに連れてこられた動物達は、半死半生の目に合わされて、やがて鳶の餌食《えじき》になるまでのわずかな時間を、椎の木の上で過すのであるが、その間に、それこそ、それぞれの個性をむき出しにして、後悔《こうかい》したり、懺悔《ざんげ》したり、自分だけ生きようと企《たくら》んだり、生きる希望を見出《みいだ》そうとするかと思えば、一切をあきらめたり、時には生死を忘れて自慢《じまん》したりするのである。これは、そのまま修羅《しゅら》の世界にほかならない。そして、考えてみれば、私達人間にしても、死ぬことは一定《いちじょう》、鳶にさらわれて椎の木の上に一時を放《ほう》り出されているような情況《じょうきょう》にあるのだと、言えば言えないこともない。先はもう分っている。死ぬことしかないのだ。それでいて、そのことを忘れて、修羅の世界にあくせく生きているのである。

その修羅の世界を統《す》べている掟《おきて》の一つは、弱肉強食であろう。トノサマがえるのおじいさんは泣いているブンナに言った。

「ブンナよ。おまえはかわいそうだ。父親を鳶にさらわれ、母親をいままたへびにさらわれて、とうとうひとりぼっちになった……おまえが泣くのもわたしにはよくわかる。しかし、ブンナよ。それは考えようだ。おまえは、自分だけがかなしい目にあっていると思うだろうが、そうではない」

我々は自分が悲しい時、この世の中で一番かわいそうなのは自分だと考えやすい。しかし、そんなことはないのだ。水上勉の作品を読んでいると、智慧《ちえ》にみちた魅力《みりょく》ある言葉によく出会う。これも水上作品を読む楽しさの一つであろう。

「鳶にさらわれたり、へびにくわれたりするのは、このかえるの世界ではならわしなのだ。もうずうっとまえ……そうだ、この世にわたしたちが生まれる以前から、もうそのことははじまっていたんだよ。鳶やへびというものが、この世に生きている以上、かえるは永遠にそのかなしみを背おって生きてきた」

蛙が、蛇《へび》や鳶にさらわれるのは、生物世界では当り前の原則であって、その原則に目をつぶるわけにはいかないのである。

十九世紀のロシアの文豪《ぶんごう》ツルゲーネフは、まだ物心もつかない子供の時分、ある夏の夕方、樹木のおそろしく茂《しげ》った父の屋敷《やしき》をさまよい、雑草の多い古池のほとりで、蛇が蛙をくわえている有様を目にしたのであった。頑是《がんぜ》ない幼心《おさなごころ》に、ツルゲーネフは早くも神の慈悲心《じひしん》を疑ったという。

ツルゲーネフでなくても、蛇が蛙をくわえる弱肉強食の原則は、あまりに露骨《ろこつ》で、幼い魂《たましい》に残酷《ざんこく》すぎることとかも知れない。

しかし、子供だからこそ、抵抗《ていこう》なしにこの理屈《りくつ》が解《わか》るのかも知れない。とんぼを取ったり、蛇に石を投げたりするのは、ほかならぬ子供であるし、子供だからこそ、小さな動物達と、ぞくぞくするようなつき合いができるのだとも考えられるからである。『ブンナよ、木からおりてこい』をよく読むと、暗いけれども、しかし、実にあたたかいものを感ずるのである。憎《にく》しみがない。蛙は勿論《もちろん》、つぐみ、雀、百舌、鼠、土蛙、どの動物にもあたたかい目が注がれている。蛇だって、鳶だってそうだ。蛇が言う。

「そりゃ、おれたちは、苦労して生きてきたさ。だいいち、おまえさんらのようにからだが小さくない。生まれたときからこんなにながくできてるんだもんな。どうだながすぎると思わないか。それで鳶にみつかったり、人間の子供にみつかったりして穴にかくれようと走っても、頭はかくれても、腹から下がなかなかはいらない。外に半分くらいのこるんだ……子供は、しっぽをつかまえてひき出すし、鳶は、くちばしでつついて、腹に穴をあける……困ったもんだ。せめて半分ぐらい短くならないかと、ながいからだをうらんだこともあるが、じっさいものがながすぎるってことはめんどうなものだ」

蛇の身になって考えれば、こういうことにも気がつくのである。しかし、もっと大事なことは、次のような蛇の言葉を理解することである。

「それにしても、おれたちは、悪いこともしてきたさ。いままで、おれたちは、生きるために、当然のことをしてきたと思っていたが、いま、つくづく、悪いことをずいぶんしてきたと思わずにはおれないね。寺の卵をぬすんだことだってそうだし、鼠くんたちをくったことだってそうだし、沼《ぬま》のかえるをかたっぱしからくったことだってそうだ。しかし、悪いことにはちがいないが、おれたちはどうしようもなかった。そうしなければ生きられなかった……いま、おれは、鳶にひどい日にあって、やがてヤツにくわれるとわかっているから、こんなことをいうんではない」

ツルゲーネフは、蛙の側に立って、神の慈悲心を疑ったが、水上勉は、蛇と蛙と、両方の側から見ている。

鳶についても、水上は書いている。

「ぴい、ぴいひょろろ
　ぴいぴいひょろろ
残忍《ざんにん》な鳥に似あわない子供のうたうような、ふえをふくような声です」

これだけの文で、もう鳶に対するあたたかい気持ちを盛《も》っている。そして、どの動物にも、子供のころがあって、なつかしいお母さんがいる。そして、死を前にして、子供の時分を思い、母をなつかしむ。これはもう、まさしく水上勉の仏心の世界ではないだろうか。

「母たちへの一文—あとがきにかえて—」の中で、水上勉は書いている。

「生きとし生けるもの、すべて太陽の下《もと》にあって、平等に生きている。蛙も鳶も同じである。だが、この世は、平等に生きているといっても、弱肉強食である。賢《かし》い者は愚《おろ》かな者を蹴落《けおと》し、強い者は弱い者をいじめて生きている。動物の世界だけではない。人間の世界がそれである。

ブンナは、こんな世の中で、もっとも弱いものの象徴《しょうちょう》である蛙である。ブンナという名は、釈迦《しゃか》の弟子の一人の名にちなんでつけられているが、賢明《けんめい》な弟子のその苦悩《くのう》を、ブンナは蛙の身でなめるという物語である」

　ブンナは並《な》み並みならぬ才能に恵《めぐ》まれた蛙であった。跳躍《ちょうやく》もうまかったし、木にも登ることができた。しかし、椎の木の上で、恐《おそ》ろしくも悲しく、美しい事件に出会って、地上におりて来た時には、そんなささやかな自分の特技に得意になる気持ちは、もうすっかり無くなっていた。ただ、皆《みな》と一緒《いっしょ》に生きていられる今日を、この上なく有難《ありがた》いものに思って、皆と一緒に歌うのが何より嬉《うれ》しかったのであった。

　水上勉は、童話について、大変造詣《ぞうけい》の深い作家である。中学校の五年生のころ、改造社の「現代日本文学全集」で、小川未明《みめい》の『牛女』を読んで、大変感動したと書いているし、又、浜田広介の『呼子鳥《よぶこどり》』や『五匹《ひき》のやもり』なども好きで、父親のやもりが、子供にクルクル回って見せる所を読むと、今でも涙《なみだ》をこぼすという。宇野浩二の童話は、勿論《もちろん》たくさん読んでいる。

　更《さら》に、水上は、アンデルセンが好きだ。

「アンデルセンは、花や星を嫁《よめ》さんにしたり、木をじいと見ておって、木と話してござった人だ」

と水上は言う。アンデルセンの童話を読んでいて、水上にはそのことが解るのである。そういえば、子供の中に、よくそういう子がいる。ひとりで、小さな生き物や花を相手に遊びながら、何かぶつぶつ言っている子供である。アンデルセンは、大人になっても、そういう所があって、それであの多彩《たさい》な童話があふれ出たのだという解釈である。

水上勉には、『あひるの子―アンデルセン幻想《げんそう》』という著書（昭和五十一年）があり、更に、『あひるの靴《くつ》―アンデルセンの一生』という戯曲《ぎきょく》（昭和五十五年）もある。そのくらい、アンデルセンにひかれているのである。

しかし、アンデルセンが、木をじっと見て、木と話のできる人だと言う水上勉自身も、そのことのできる珍《めずら》しい人だと思う。

『雁《がん》の寺』を読んでいると、ちょうど『ブンナよ、木からおりてこい』の椎の木のように、先がポキリと折れていて、土がたまり草が生え、鳶の貯蔵庫となっている椎の木が出てくるのである。そして、これは、水上勉が若狭《わかさ》で過した幼い日に目にした光景でもあった。

だから、『ブンナよ、木からおりてこい』が生れるまでに、水上勉は、随分《ずいぶん》長い間、この椎の木をじっと見つめて、椎の木と対話を続けて来たのであった。その対話が、おのずと童話にあふれ出たのである。椎の木との対話であるから、勿論、全部が空想である。百舌や蛇が口をきいても、いっこうに構わない。童話という形式は、動物や花が自由に口をきくから、作家にとって、自然との対話を表現するのに何より好都合である。

童話に出てくるのは、蛙や蛇や、鳶や百舌の話だけれども、重要なのは人間の話でもあることである。水上勉は言っている。

「子供にうかつに浅いことを語るよりも、自分の信念みたいなもの、自分が六〇歳までに勝ち負けみたいなものを自分流にやってきた、そういう必死なものを差し出さない限り、だめなんだという思いがあるんです」

そういう必死なもののあるのが『ブンナよ、木からおりてこい』だと思う。

（昭和五十六年六月、児童文学者）

この作品は昭和四十七年三月新潮社より『蛙よ、木からおりてこい』として刊行され、
昭和五十五年二月刊行の三蛙房版で『ブンナよ、木からおりてこい』と改題された。

山崎豊子著
暖簾（のれん）
丁稚からたたき上げた老舗の主人吾平を中心に、親子二代〝のれん〟に全力を傾ける不屈の大阪商人の気骨と徹底した商業モラルを描く。

山崎豊子著
ぼんち
放蕩を重ねても帳尻の合った遊び方をするのが大阪の〝ぼんち〟。老舗の一人息子を主人公に船場商家の独特の風俗を織りまぜて描く。

山崎豊子著
花のれん
直木賞受賞

大阪の街中へわての花のれんを幾つも幾つも仕掛けたいのや――細腕一本でみごとな寄席を作りあげた浪花女のど根性の生涯を描く。

山崎豊子著
しぶちん
〝しぶちん〟とさげすまれながらも初志を貫き、財を成した山田万治郎――船場を舞台に大阪商人のど根性を描く表題作ほか4編を収録。

山崎豊子著
花紋
大正歌壇に彗星のごとく登場し、突如消息を断った幻の歌人、御室みやじ――苛酷な因襲に抗い宿命の恋に全てを賭けた半生を描く。

山崎豊子著
仮装集団
すぐれた企画力で大阪勤音を牛耳る流郷正之は、内部の政治的な傾斜に気づき、調査を開始した……綿密な調査と豊かな筆で描く長編。

吉村昭著

戦艦武蔵

菊池寛賞受賞

帝国海軍の夢と野望を賭けた不沈の巨艦「武蔵」――その極秘の建造から壮絶な終焉まで、壮大なドラマの全貌を描いた記録文学の力作。

吉村昭著

星への旅

太宰治賞受賞

少年達の無動機の集団自殺を冷徹かつ即物的に描き詩的美にまで昇華させた表題作。ロマンチシズムと現実との出会いに結実した6編。

吉村昭著

高熱隧道

トンネル貫通の情熱に憑かれた男たちの執念と、予測もつかぬ大自然の猛威との対決――綿密な取材と調査による黒三ダム建設秘史。

吉村昭著

冬の鷹

「解体新書」をめぐって、世間の名声を博す杉田玄白とは対照的に、終始地道な訳業に専心、孤高の晩年を貫いた前野良沢の姿を描く。

吉村昭著

零式戦闘機

空の作戦に革命をもたらした〝ゼロ戦〟――その秘密裡の完成、輝かしい武勲、敗亡の運命を、空の男たちの奮闘と哀歓のうちに描く。

吉村昭著

陸奥爆沈

昭和十八年六月、戦艦「陸奥」は突然の大音響と共に、海底に沈んだ。堅牢な軍艦の内部にうごめく人間たちのドラマを掘り起す長編。

有吉佐和子著

紀ノ川

小さな流れを呑みこんで大きな川となる紀ノ川に託して、明治・大正・昭和の三代にわたる女の系譜を、和歌山の素封家を舞台に辿る。

有吉佐和子著

悪女について

醜聞にまみれて死んだ美貌の女実業家富小路公子。男社会を逆手にとって、しかも男たちを魅了しながら豪奢に悪を愉しんだ女の一生。

有吉佐和子著

華岡青洲の妻

女流文学賞受賞

世界最初の麻酔による外科手術——人体実験に進んで身を捧げる嫁姑のすさまじい愛の葛藤……江戸時代の世界的外科医の生涯を描く。

有吉佐和子著

恍惚の人

老いて永生きすることは幸福か？ 日本の老人福祉政策はこれでよいのか？ 誰もが迎える〈老い〉を直視し、様々な問題を投げかける。

有吉佐和子著

複合汚染

多数の毒性物質の複合による人体への影響は現代科学でも解明できない。丹念な取材によって危機を訴え、読者を震駭させた問題の書。

有吉佐和子著

開幕ベルは華やかに

「二億用意しなければ女優を殺す」。大入りの帝劇に脅迫電話が。舞台裏の愛憎劇、そして事件の結末は——。絢爛豪華な傑作ミステリ。

新潮文庫最新刊

窪美澄著
トリニティ
織田作之助賞受賞

ライターの登紀子、イラストレーターの妙子、専業主婦の鈴子。三者三様の女たちの愛と苦悩、そして受けつがれる希望を描く長編小説。

村田喜代子著
エリザベスの友達

97歳の初音さんは、娘の顔もわからない。記憶は零れ、魂は天津租界で過ごしたまばゆい日々の中へ。人生の終焉を優しく照らす物語。

乾緑郎著
仇討検校

鍼聖・杉山検校は贋者《にせもの》だった⁉ 連鎖する仇討の呪縛に囚われた、壮絶な八十五年の生涯を描いた、一気読み必至の時代サスペンス。

八木荘司著
天誅の剣

その時、正義は血に染まった！ 九段坂の闇討ちから安重根の銃弾まで、〈暗殺〉を軸に描きだす幕末明治の激流。渾身の歴史小説。

知念実希人著
久遠の檻
―天久鷹央の事件カルテ―

15年前とまったく同じ容姿で病院に現れた美少女、楯石希津奈。彼女は本当に、歳をとらないのか。不老不死の謎に、天才女医が挑む。

武田綾乃著
君と漕ぐ4
―ながとろ高校カヌー部の栄光―

ついに舞奈も大会デビュー。四人で挑むフォア競技の結果は――。新入生の登場など、新たなステージを迎える青春部活小説第四弾。

ブンナよ、木《き》からおりてこい

新潮文庫　み－7－14

昭和五十六年　八　月二十五日　発　行
平成二十六年　二　月二十五日　三十刷改版
令和　三　年　九　月　十　日　三十三刷

著　者　水《みず》上《かみ》勉《つとむ》

発行者　佐藤隆信

発行所　株式会社　新潮社
郵便番号　一六二―八七一一
東京都新宿区矢来町七一
電話　編集部(〇三)三二六六―五四四〇
　　　読者係(〇三)三二六六―五一一一
https://www.shinchosha.co.jp

価格はカバーに表示してあります。

乱丁・落丁本は、ご面倒ですが小社読者係宛ご送付ください。送料小社負担にてお取替えいたします。

印刷・大日本印刷株式会社　製本・加藤製本株式会社

ISBN978-4-10-114114-5　C0193